프란츠
카프카를
읽다

세계문학을 읽다 8

프란츠 카프카를 읽다

권진희 지음

FRANZ KAFKA

머리말

"어느 날 아침 그레고르 잠자가 편치 않은 꿈에서 깨어났을 때, 자신이 침대에서 엄청 큰 벌레로 변해 있는 것을 발견했다."라는 문장을 처음 마주한 사람이라면 누구나 '말도 안 되는 소설이군.', '너무 끔찍해.', '무슨 죄를 지었길래 사람이 벌레가 된 거지?'라는 당연한 의문을 갖는다. 그러나 작품 어디에도 그 이유는 나오지 않는다. 소설을 다 읽고 난 우리는 생각한다. 그는 왜 이런 소설을 썼을까?

카프카는 오늘날까지 여전히 문제적 작가이다. 쉽게 접근을 허락하지 않는 미로 같은, 날카로운 가시가 있는 장미 같은 작품들을 남겼다. 그리고 여전히 사랑받는 작가이다. 그의 작품들은 100년이 지난 지금도 새롭게 해석되고 있고, 카프카의 이름을 딴 학회가 존재하며, 여전히 수많은 독자의 입에 오르내리고 있다. 게다가 '카프카적인'이라는 형용사까지 생겼으니, 카프카와 그의 작품은 여전히 살아 있다고 볼 수 있다.

이 책을 쓰면서 머릿속을 떠나지 않았던 질문이 있다. '우리는 왜 카프카를 읽어야 할까?' 이 질문에 대한 답을 찾기 위해 부단히 노력했으나, 정답을 찾았다고는 말할 수 없겠다. 다만 각자의 방

식으로 그 이유를 찾을 수 있는 텍스트가 되기를 바란다. 카프카가 글을 쓰면서 자신을 이해하고 표현하기 위해 노력했으므로, 우리도 그의 글을 읽으며 자신을 이해하고 표현할 수 있는 하나의 방법을 배울 수 있지 않을까.

이 책의 구성은 다음과 같다. 먼저 '프란츠 카프카의 삶과 작품 세계'에서는 카프카의 일기 및 편지 등을 통해 그의 삶을 정리하고, 그것이 작품에 어떻게 녹아들었는지 알아보았다.

'프란츠 카프카 작품 읽기'에서는 카프카의 대표적인 작품들을 분석했다. 게오르크의 이중적 자아에 대한 갈등을 표현한 〈선고〉, 벌레가 되어버린 그레고르를 통해 인간으로서의 가치를 고민하게 하는 《변신》, 법이라는 거대한 관료주의가 지배하는 현실 속에서 무력해지는 요제프 K의 모습을 그린 《소송》, 자신의 의지와는 상관없이 무력한 상황에 놓이게 된 의사의 실패담을 그린 〈시골 의사〉, 인간이 된 원숭이 빨간페터의 삶을 통해 인간의 정체성과 진정한 자유에 대해 고민하는 〈학술원에 드리는 보고〉, 진정한 예술가가 되기 위해 단식의 끝을 보여주는 〈단식 예술가〉 이렇게 여섯 작품을 카프카가 창작한 순서대로 배치하고 줄거리와 인물, 중심 사건이 의미하는 바에 대해 알아보았다.

이 책이 카프카와 그의 작품이 가진 매력을 조금이나마 전달할 수 있기를 바란다. 카프카의 소설을 좀 더 쉽게 이해할 수 있게 하는 하나의 길잡이가 되었으면 좋겠다. 그래서 그의 글을 찾아 읽고 싶게 만드는 마중물 역할을 한다면 더 바랄 것이 없겠다.

카프카의 작품을 읽으면서 평생 공부를 해야만 하는 이유를 깨달았다. 세상은 온통 이해되지 않는 부조리한 것들로 가득하고, 그 속에 사는 우리는 언제나 불안하다. 카프카가 그랬던 것처럼 말이다. 카프카는 세상을, 자신을 이해하려 매일 밤 글을 썼다. 카프카의 작품을 읽으면서 나 또한 끊임없이 공부하고 글을 써야겠다고 생각했다. 그래서 카프카처럼 세상과 나를 이해하며, 살아가는 방법을 배워야겠다고 생각했다. 이것이 내게는 카프카를 읽어야 하는 이유가 되었다. 이 책의 독자들도 각자만의 이유를 찾을 수 있기를 기대한다.

차례

Ø1

프란츠 카프카의 삶과 작품 세계

1. 카프카적인 카프카

'카프카적인(kafkaesque)'이라는 형용사는 작가 프란츠 카프카의 이름에서 유래된 말이다. 《캠브리지 사전》에 따르면 이 단어는 '매우 불쾌하고 무서우며 혼란스러운, 프란츠 카프카의 소설에 묘사된 상황과 유사한 상황'을 의미한다. 이는 카프카의 소설을 읽으면 누구나 느끼는 감정이다.

어느 날 갑자기, 이유도 없이 그레고르 잠자는 벌레로 변한다. 또 아무런 잘못도 저지르지 않은 요제프 K는 느닷없이 체포된다. 그레고르가 다시 인간으로 돌아온다든가, 요제프 K가 무죄로 판명되는 해피 엔딩은 카프카적이지 않다. 벌레가 된 그레고르는 결국 쓸쓸한 죽음을 맞이하고, 자신에게 죄가 없다고 생각했던 요제프 K는 처형당한다.

쉽게 해석하기 어려운 난해한 작품들을 썼으며, 유대인이면서 프라하에서 태어나 독일어로 글을 썼고, 마지막까지 자신의 정체성에 대해 고민했으며, 아버지와 끊임없이 불화했고, 사랑하며 살고 싶었으나 결혼이 창작에 방해가 될까 두려워했으며, 40세에 폐결핵으로 사망했고, 죽기 전 자신이 썼던 원고들을 불태워 달라는 유언을 남겼으며, 철학자들이 사랑한 소설가.

이처럼 카프카를 설명하는 말들은 많지만, 그 어떤 말도 카프카를 정확히 설명해 주지는 못한다. 그렇지 않아도 난해한 카프카의 작품은 파고들수록 더 난해해진다.

카프카의 작품뿐만 아니라 카프카의 삶 역시 카프카적이다. 어쩌면 그가 평생 느꼈던 감정도 카프카적이지 않았을까? 바로 그 카프카적인 삶에서, 그토록 난해한 작품들이 탄생하지 않았을까?

2. 나는 누구인가?

프란츠 카프카는 1883년 7월 3일 프라하(당시 오스트리아 – 헝가리 이중 제국령)에서 유대인으로 태어났다. 당시 유럽 사회에서 유대인은 대체로 가난했으며, 차별 대우를 받았다. 체코에 살던 유대인들은 1850년이 되어서야 자유롭게 거주지를 옮길 수 있게 되었다고 하니, 당시 유럽 사회 속에서 유대인들이 얼마나 차별받으며 살았는지 알 수 있다.

이런 차별과 가난을 이겨내고 카프카의 아버지 헤르만 카프카(1852-1931)는 자수성가를 이룬다. 그는 어려운 가정환경을 벗어나기 위해 고향을 떠나 도시에서 장사를 시작했으며, 율리 뢰비(1856-1934)와 결혼한 후 장신구 가게를 열고 더욱 사업을 번창시켰다. 헤르만 카프카는 신분 상승이 인생의 목표였던 사람이었기 때문에 유대인의 전통을 지키며 따르기보다는 서구 유럽 사회에 편승하기를 원했고, 당연하게도 자신의 아들도 양질의 교육을 받고 좋은 직장에 다니면서 집안에 도움이 되길 바랐다. 그는 아들 프란츠 카프카에게 제국의 공식 언어였던 독일어를 배우게 하고, 독일 학교에 다니면서 법학을 전공하도록 한다. 하지만 아들은 그의 의도와는 달리 작가를 꿈꾸고 있었다. 다음은 카프카가 1916년 10월 19일 펠리체 바우어에게 보낸 편지의 일부이다.

전반적으로 의존적인 나는 독립하기를, 자립하기를, 모든 측면에서 자유롭기를 끝없이 갈망합니다. 가족들이 내 주변에서 나의 시선을 어지럽게 만들도록 두지 않고, 눈가리개를 해서라도 내 길을 끝까지 걸을 것입니다. (중략) 아주 오래전부터 나는 부모님께 악의적이고, 예의가 없고, 이기적이고, 애정이 없었지만, 그럼에도 나는 언제나 그들을 두려워했습니다. 지금까지도 그렇습니다. 왜냐하면, 나는 어떻게 해도 부모님의 행동을 멈출 수가 없기 때문입니다. 어느 때는 아버지가, 또 어느 때는 어머니가 당연하다는 듯이 내 뜻을 꺾었습니다.

카프카의 아버지와 어머니는 당연히 아들의 뜻에 반대했다. 카프카는 작가로서의 길을 방해하는 모든 것으로부터 자유롭길 원했지만, 부모의 뜻을 거스를 수 없었기에 결국 꿈을 포기할 수밖에 없었다. 그는 어쩔 수 없이 아버지가 원하는 독일 학교에 다니면서 법학을 전공했고, 법학 관련 직업을 얻어 평생 일하게 된다.

당시 카프카의 상황을 상상해 보자. 그는 오스트리아 – 헝가리 이중 제국에 속하는 프라하에 살고 있으며, 혈통은 유대인이지만 유대인의 전통은 잘 모른다. 아버지가 같은 유대인과 어울리는 것을 싫어했기 때문이다. 집에서는 체코어를 쓰지만, 독일 학교에 다녔기 때문에 글을 쓸 때는 독일어를 쓴다. 유대인의 언어인 이디시어도 모른다. 따라서 혈통으로도, 언어로도 소속감을 느끼지 못한다. 또 아버지처럼 정력적인 사람이 되고 싶었지만, 태어날 때부터 몸도 허약했다. 부모로부터 인정받고 싶어도 두려움이 앞선다. 가족 구성원으로서도 겉돌고 있다.

이렇게 그는 어디에도 속하지 못하는 불안하고 외로운 삶을 살았다. 이러한 카프카의 심정은 그의 소설 속 인물들에게 투영되었고, 이를 통해 그는 '나는 누구인가'에 대해 끊임없이 묻는다.

우리는 눈 속에 서 있는 나무와 같은 존재이다. 겉으로 보기에 나무들은 불안하게 서 있어서, 살짝만 밀어도 쓰러질 것만 같다. 아니다. 그렇게 할 수가 없다. 나무들은 땅에 단단하게 뿌리를 내리고 있기 때문이다. 그러나 보라. 그렇게 보이는 것도 다만 겉으로 그렇게 보일 뿐이다.

– 프란츠 카프카, 〈나무들〉

'나는 눈 속의 나무 같은 존재이다. 쉽게 밀어내 버릴 수 있을 것 같기도 하고, 땅속에 단단히 뿌리 박혀 있는 것 같기도 하다. 그러나 둘 다 겉으로 그렇게 보이는 것뿐이다. 나는 누구이며, 나의 뿌리는 어디에 있는가?' 카프카는 이렇게 끊임없이 자신에 대해 성찰했고, 이를 소설을 통해 이야기한다.

3. 내가 글을 쓰는 이유

카프카는 아버지의 말을 거역할 수 없어 독일 학교에 입학했고, 이후 프라하 대학에서 법학을 전공한다. 하지만 그는 전공 공부에만 매달리지는 않았으며, 틈틈이 글을 썼다. 대학 시절 만난 친구 막스 브로트와는 문학 이야기를 나누기도 하고, 이런저런 모임도 같이 하면서 우정을 쌓았다. 그는 카프카의 평생 친구가 되었고, 생의 마지막까지 편지를 주고받았다. 카프카는 그에게 자신의 원고를 태워달라는 유언을 남기기도 했다.

카프카는 1906년 법학 박사 학위를 받고 처음 보험회사에 근무했는데, 임금도 형편없는 데다 도저히 글을 쓸 시간이 나지 않아 곧 그만둔다. 이어 다시 1908년 노동자 재해보험 공사에 취직한 후, 1922년 7월 폐결핵으로 퇴직할 때까지 승진을 거듭하며 일했다. 노동자와 고용주 사이의 분쟁을 해결하는 일을 맡았던 그는 전공을 살려 꽤 유능하게 일을 처리했다. 이때의 경험은 그의 여러 작품에 녹아 있는데, 예를 들면 〈선고〉, 〈유형지에서〉, 〈법 앞에서〉, 《소송》 등이다. 이렇듯 법에 관련된 제목이나 내용이 많은 것은 그의 전공과 생활이 반영된 것으로 볼 수 있다.

그가 보험회사에서 노동자 재해보험 공사로 직장을 옮긴 가장 큰 이유는 오전 8시부터 오후 2시까지인 근무시간 때문이었다. 짧은 근무시간 덕에 그는 전 직장과는 달리 글을 쓸 수 있는 시간을 확보할 수 있었다. 카프카는 2시에 퇴근한 후, 낮잠을 자고 일어나 산책을 한 뒤 글을 쓰다 새벽에 잠드는 일상을 반복했다. 카프카에게는 글을 쓰는 그 시간이 삶의 이유가 되었을 것이다.

일기의 장점은 계속해서 겪는 자신의 변화를 명료하고 편안하게 의식할 수 있도록 해준다는 점이다. 보통은 이를 자연스럽게 생각하거나 인정한다. 그러나 그것으로부터 희망을 끌어낼지, 후회를 끌어낼지가 문제인 상황이 생기면 무의식적으로 그 변화를 거부하게 된다.

일기에는 지금의 관점에서는 참을 수 없는 상황에서도 살아왔다는 것을, 주변을 관찰한 바를 기록했다는 것을 보여주는 증거들이 적혀 있다. 즉 사람들은 현재 일기를 쓰고 있는 것처럼 과거에도 오른손을 계속 움직였다는 것이다. 사실 현시점에서 우리는 과거를 전체적으로 바라볼 수 있기 때문에 그 당시의 상황을 더 잘 파악하게 된다. 그러나 바로 그 이유 때문에, 우리가 그 당시 상황에 대해 모르면서도 살아남기 위해 노력했다는 사실만큼은 더 인정해야만 한다.

1911년 12월 23일에 쓰인 일기다. 카프카는 일기를 통해 자신을 기록하면서 과거를 되돌아보고 미래를 조망할 수 있다고 말했다. 살면서 겪게 되는 다양한 변화를 일기가 명료하고 편안하게 판단할 수 있게 해준다는 것인데, 그가 써온 글들을 보면 비단 일기에만 해당하는 이야기는 아닌 듯하다.

카프카는 퇴근 후 매일 소설, 일기, 편지, 아포리즘• 등 장르를 가리지 않고 글을 썼다. 그래서인지 출판 편집자 에른스트 로볼트에게 보낸 편지에서 "가장 보편적으로 알려진 작가들의 특징은 모든 작가가 자신만의 독특한 방법으로 자신의 결점을 숨기고 있다는 사실입니다."라고 말할 정도로 작가와 글쓰기에 대한 날카로운 통찰력을 지녔다. 그는 숨겨진 결점을 파헤치고 진실에 도달하기 위해 애쓰면서 고통스럽게 글을 썼을 것이다. 카프카는 글을 쓰면 쓸수록 점점 더 불안해진다고 했다. 글쓰기를 통해서 자유로워지

• **아포리즘**(aphorism) 깊은 진리를 간결하게 표현한 말이나 글.

지도 못했다고 한다. 그러나 그는 그런 글쓰기가 바로 자신을 지탱하는 힘이라 고백하는, 천생 작가였다.

> 벌써 또 열흘이 지났는데도 이룬 것이 아무것도 없다. 무엇 하나 완성하지를 못한다. 여기저기 한 페이지씩 쓰는 데는 성공했으나, 계속 이어가지를 못한다. 다음 날이면 나는 속수무책이 된다.

1915년 3월 11일에 쓰인 일기다. 카프카는 쉬지 않고 글을 쓰고 싶어 했지만, 그렇게 하지 못했다. 그는 평생을 심한 두통과 신경쇠약으로 고통받았으며, 이 때문에 글에 집중하지 못하고 시간을 허비하고 있다는 불안과 두려움에 내내 시달려야만 했다.

4. 너에게 보내는 편지

카프카는 세 번의 약혼과 파혼을 경험했는데, 그중 두 번을 펠리체 바우어(1887-1960)라는 여성과 겪었다. 그는 친구 막스 브로트의 집에서 펠리체 바우어를 처음 만났는데, 그녀의 건강함에 반했다고 한다.

> 펠리체 바우어. 8월 13일에 나는 브로트의 집에 갔다. 그녀는 식탁에

앉아 있었는데, 그 모습이 마치 하녀 같았다. 나는 그녀가 누구인지 알려고 하지 않고 그냥 있는 그대로 받아들였다. 뼈가 두드러진 얼굴은 자신의 공허함을 그대로 드러내고 있었다. 아무것도 걸치지 않은 목. 대충 입은 블라우스. 마치 집에서 입는 옷차림으로 나온 것 같았지만, 전혀 그렇지 않다는 것을 나중에야 알게 되었다. 눌려버린 코, 뻣뻣하고 윤기 없는 금발, 강한 인상의 턱. 나는 자리에 앉으면서 그녀를 자세히 관찰했고, 앉아 있는 동안 확고한 판단을 이미 내렸다.

카프카는 1912년 8월 20일에 쓴 일기에서 펠리체 바우어를 위와 같이 묘사했다. 처음 본 사람을 이렇게 자세히 기억한다는 것, 그리고 이미 확고한 판단을 내렸다는 표현에서 그가 그녀에게 깊은 인상을 받았음을 알 수 있다. 이후 카프카는 그녀와 편지를 주고받으며 사랑을 키워나간다. 그의 작품 중 〈선고〉는 1912년 9월 22일부터 23일 하룻밤 사이에 쓰였는데, 그는 이 작품의 부제를 '펠리체 B. 양을 위한 한 편의 이야기'라고 붙였다. 연인에 대한 사랑이 느껴지는 대목이다.

그런데 여기서 조금 의아한 점이 있다. 바로 〈선고〉의 내용이다. 〈선고〉의 주인공 게오르크 벤데만은 러시아에 있는 친구에게 약혼 소식을 알리기 위해 편지를 쓴다. 그리고 친구에게 편지를 썼다는 사실을 말하러 아버지의 방에 들어가는데, 아버지가 그런 친구가 실제로 있긴 한 거냐며 다그치다가 갑자기 자신은 그 친구의 대리인으로 있는 거라고 말하며 아들에게 익사형을 선고한다. 그 말을 들은 게오르크는 밖으로 나가 강물에 몸을 던진다.

카프카는 사랑하는 사람과 연애 중이었다. 게다가 이 소설의 부제는 '펠리체 B. 양을 위한 한 편의 이야기'다. 그런데 아무리 봐도 이 작품은 연인을 위한 이야기라고는 생각하기 어렵다. 이는 카프카가 자신의 사랑에 확신이 없었거나, 혹은 아버지가 자신의 행복이나 결혼을 방해할 것 같다는 무의식적 두려움을 표현한 것이 아닐까 추측된다.

카프카는 당시 베를린에 살던 펠리체에게 매일 몇 통씩 편지를 보내면서도 그것만으로는 마음을 다 전달하는 데 부족했는지 틈틈이 전보까지 쳤다고 한다. 그러고는 간절히 그녀의 답장을 기다렸는데, 정작 답장이 오면 며칠씩 읽기를 미루었다. 아마도 그녀에 대한 그리움과 사랑을 더욱 키워서 답장을 읽는 행복감을 한껏 크게 만들고 싶었기 때문이지 않았을까 싶다.

그렇게 여느 연인들처럼 사랑을 나누던 그들은 1914년 6월 약혼했으나, 약 한 달 만에 파혼한다. 카프카가 결혼이 글쓰기에 부담이 된다고 느꼈기 때문이었다. 파혼 후 그는 《소송》을 집필하는데, 이 소설에 등장하는 뷔르스트너 양은 약혼녀 펠리체를 떠올리게 한다. 그러다 1915년에 운명처럼 다시 만난 둘은 다시 1917년 8월 6일에 두 번째 약혼을 한다. 그런데 두 번째 약혼식 후 사흘 뒤, 카프카가 각혈을 한다. 이에 회사에 병가를 내고 셋째 여동생 오틀라가 사는 곳으로 가서 요양을 하는데, 이때 폐결핵 진단을 받는다. 이로 인해 결국 그해 12월, 펠리체와 다시 파혼한다. 이후 1918년 10월에 스페인 독감에 걸리면서 카프카의 몸은 더욱 망가진다. 이 시기는 제1차 세계대전과 겹친다.

펠리체 바우어와의 전쟁 같은 사랑이 끝을 맺고, 이후 그는 작품 활동을 거의 하지 못한다. 그들의 편지는 1912년부터 1917년까지 5년간 이어지는데, 그 분량이 오백 통이 넘는다. 사랑을 담은 편지면서 일상을 공유하는 일기기도 했고, 작가 노트이기도 했던 이 편지들에는 당시 카프카의 생각이 고스란히 담겨 있었을 것이다. 다만, 카프카의 편지를 평생 간직한 펠리체와는 달리 카프카는 펠리체에게 받은 편지를 모두 없앴다.

카프카는 폐결핵 치료를 위해 시골에서 요양을 하던 중 율리 보리첵(1891-1944)을 만나게 되고, 1919년 여름에 그녀와 약혼한다. 그러나 프라하에 집을 구할 수 없게 되고, 그녀의 신분을 문제 삼은 아버지의 극심한 반대로 또 한 번 파혼을 하게 된다. 그때 카프카의 심정은 〈아버지에게 드리는 편지〉에 잘 드러난다.

> 저는 왜 결혼을 하지 않았을까요? 누구나 그렇듯이 과정 중에 약간의 문제가 있기는 했지만, 인생의 의미란 그런 문제를 극복해 나가는 데 있을 것입니다. 그러나 유감스럽게도 저 같은 경우에는 그보다 더 근본적인 문제가 있었습니다. 그것은 제가 결혼을 하기에는 확실하게

정신적으로 무능력하다는 것입니다. 이것은 제가 결혼을 해야겠다고 마음먹은 순간부터 불면에 시달렸다는 점에서도 알 수 있습니다. 밤낮으로 머리가 뜨거웠습니다. 사는 게 사는 것 같지가 않았습니다. 저는 절망적으로 비틀거렸습니다. 사실 그건 결혼에 대한 걱정 때문이 아니었습니다. 본래 제 소심하고 우울한 성격 때문에 걱정이 많긴 했지만, 그 이유 때문이 아닙니다. 마치 시체에 달라붙은 구더기처럼 걱정들이 저를 따라다니긴 했지만, 그건 결정적인 이유가 되지는 못했습니다. 그것은 바로, 불안과 나약함과 자기 경멸에서 오는 총체적인 강박 때문이었습니다.

이 편지의 내용을 보면 카프카가 폐결핵이나 아버지의 반대 등 다른 이유와는 별개로 결혼에 상당한 부담을 느꼈고, 이 때문에 그 장애 요소들을 극복하지 못했음을 알 수 있다. 그 부담은 그의 자기 비하와 강박 증세에서 기인한 것이었고, 이는 결혼을 하게 되면 글을 더 이상 쓰지 못하게 될지도 모른다는 불안과 두려움이 원인이 되었을 것이다.

5. 내 원고를 태워줘

카프카는 치료를 위한 요양과 퇴원을 반복하는 3년여의 공백기를 지나 1920년부터 다시 글을 쓰기 시작한다. 이때 카프카는 밀레나 예젠스카(1896-1944)에게 편지 한 통을 받는다. 카프카의 〈화부〉를 체코어로 번역하게 해달라는 부탁이었다.

> 그만큼 〈화부〉가 훌륭하다고 생각했기 때문에 생긴 나의 자만심. 저녁에 부모님께 〈화부〉를 읽어드렸다. 귀를 기울이기는 하지만, 탐탁스럽지 않은 듯한 표정의 아버지 앞에서 낭독하는 순간에는 나 자신이 가장 훌륭한 비평가가 된다. 명백하게 접근할 수 없는 심오함 전에 존재하는 수없이 많은 평범한 대목들.

1913년 5월 24일의 일기다. 〈화부〉는 카프카가 1912년에 쓴 단편소설인데, 훗날 장편《실종자》의 시작이 되는 작품이다. 이날 카프카는 〈화부〉의 첫 인쇄본을 받았다고 한다. 그는 기뻐하며 부모님 앞에서 자신의 작품을 낭독했으나, 아버지의 반응은 실망스러웠다. 그러나 아버지의 반응과는 별개로 카프카는 〈화부〉를 훌륭하다고 여긴다. 그런데 이렇게나 아끼는 작품인 〈화부〉의 번역을 요청받았으니, 편지를 받은 카프카의 마음이 얼마나 뿌듯했을까.

이 편지를 계기로 두 사람은 서로에게 호감을 느끼고, 이후 계속 편지를 주고받으며 사랑을 키워나간다. 카프카는 밀레나에게 보내는 편지를 '글로 쓴 키스'라고 표현했다. 키스라는 스킨십은 연인에게 사랑을 전달하는 강력한 수단 중 하나인데, 그에게는 편지가 키스에 건줄 수 있을 만큼 가치가 있었다는 사실을 알 수 있다.

> 편지를 쉽게 쓸 수 있다는 가능성이 (단지 이론적으로 볼 때) 무서운 정신적 혼란을 불러일으켰던 것 같습니다. 편지를 쓴다는 것은 유령들과의 교신이기 때문입니다. 그것도 편지를 받는 사람의 유령뿐만 아니라, 편지를 쓰는 자기 자신의 유령도 포함한 교신입니다. (중략) 사람들은 어떻게 편지로 의사소통을 할 수 있다는 생각을 하게 되었는지 모르겠습니다! 사람들은 멀리 있는 사람을 생각할 수 있고, 가까이 있는 사람은 만질 수 있지요. 그 이외의 모든 것은 인간의 힘을 초월합니다. 하지만 편지를 쓴다는 것은 호시탐탐 기회를 엿보고 있는 유령들에게 자신을 드러내는 일을 의미합니다. 글로 쓴 키스들은 그 목적지에 도착하지 못하고, 도중에 유령들이 다 마셔버립니다.

당시 폐결핵 치료 중이었음에도 빈에 살고 있던 밀레나를 만나러 가는 등 둘은 사랑을 점점 키워갔지만, 카프카의 병세는 좀처럼 호전되지 않는다. 그러나 그는 요양원에 입원하고 다시 퇴원하는 생활을 반복하면서도 글쓰기를 놓지 않는다. 카프카는 1922년 2월 말부터 9월 초까지 장편 《성》을 집필하지만, 끝내 작품을 완성하지는 못한다. 병세가 점점 심각해지사 1922년 11월 19일, 카프카는 평생의 친구였던 막스 브로트에게 자신의 작품들을 불태워 달라는 유언을 남긴다. 흥미로운 점은 그중 몇몇 작품은 남겨달라고 했다는 것이다. 〈선고〉, 〈화부〉, 〈변신〉, 〈유형지에서〉, 〈시골 의사〉, 그리고 단편집 《단식 예술가》가 그것이다.

그는 왜 자신의 작품을 불태우라고 했을까? 아마 남겨달라고 한 작품 외에는 마음에 들지 않았기 때문이었을 것이다. 그러나 친구가 쓴 작품의 가치를 알고 있었던 막스 브로트는 유언을 저버리고 제2차 세계대전 이후 원고를 출간한다. 이와 함께 카프카가 가족이나 친구 등 지인들에게 보낸 편지, 매일 밤 남겼던 일기 등 사적인 글들도 여전히 우리 곁에 남아 그의 문학을 이해하는 데 도움을 준다. 카프카 입장에서는 못마땅한 상황일 것이다. 그가 막스 브로트가 아니라 가족들에게 그런 유언을 남겼다면, 그의 뜻대로 작품들은 세상의 빛을 보지 못하고 스러졌을지도 모르겠다.

카프카는 1923년에 요양 중 보모로 일하던 도라 디아만트(1898-1952)를 만나 베를린으로 이주했으나 돈이 없어 제대로 된 치료를 받지 못하고 고열과 오한으로 고생한다.

> 친애하는 막스, 비용이 필요하네. 상황에 따라서는 엄청나게 큰돈이 들 것 같아. 〈요제피네〉가 어느 정도 도움이 되어야 할 텐데. 그밖에 다른 방법이 없다네. 오토 피크에게 그것을 전달해 주게나.

1924년 4월 9일에 막스 브로트에게 보낸 편지다. 카프카는 베를린의 고물가와 폐결핵 치료비로 궁핍한 생활을 한다. 생전 마지막 작품이 된 〈여가수 요제피네 또는 쥐의 족속〉의 원고료를 받아 생활했던 것으로 보인다. 이후 〈시골 의사〉의 모델이 된 외삼촌 지크프리트 뢰비가 카프카를 집으로 데리고 왔으나, 폐결핵이 후두암으로 이어져 제대로 먹지도 못하고 말도 하지 못하는 상태가 된다. 그리고 〈최초의 고뇌〉, 〈어느 작은 여인〉, 〈단식 예술가〉, 〈여가수 요제피네 또는 쥐의 족속〉을 묶어 단편집 《단식 예술가》의 출간을 준비하다 1924년 6월 3일 결국 사망한다.

6. 아버지에게 드리는 편지

카프카는 글을 쓰며 살고 싶은 바람을 아버지가 인정해 주길 원했으나, 아버지는 아들이 가게에 도움이 되는 일을 하길 원했다. 끊임없이 이어졌던 아버지와의 갈등은 편지나 소설 등 여러 글에서 드러난다. 특히 어린 시절 아버지에게 받은 상처는 카프카에게 가시지 않는 아픔으로 평생 남아 있었다.

> 아버지가 저의 친구였다면, 사장이었다면, 아저씨였다면, 할아버지였다면, 아니 이를테면 (벌써 저는 겁을 먹었습니다만) 장인(丈人)이기라도 했다면 저는 아마도 행복했을 것입니다. 그러나 아버지로서는, 아버지는 제게 너무 강한 분이었습니다. 제 동생들은 너무 어렸을 때

죽었고, 여동생들은 늦게 태어났기 때문에 저는 더 힘들었습니다. 저는 아버지의 공격들을 혼자 막아내야만 했습니다.

저는 소심한 아이였습니다. 그리고 어린아이다운 고집도 있었습니다. 어머니께서 저를 응석받이로 키우신 것은 사실입니다. 하지만 제가 특별히 키우기 힘든 아이였다고 생각하지는 않습니다. 아버지께서 제게 다정하게 말을 걸어주고, 살포시 제 손을 잡아주고, 부드러운 눈빛으로 저를 쳐다보기만 했어도 저는 다른 사람의 말을 전혀 받아들이지 않는 그런 아이가 되지는 않았을 것입니다.

크고 건장한 체격의 아버지에 비해 작고 가냘픈 자신의 몸 때문에 굴욕감을 느꼈던 일, 자신의 친한 친구에 대해 욕설과 비방을 늘어놓으며 간섭한 일, 시뻘게진 얼굴로 큰소리를 치면서 마치 교수형이라도 집행하듯 멜빵을 풀어 의자 팔걸이에 걸고 혼을 낸 일 등 어린 시절 카프카에게 가해진 아버지의 행동은 학대에 가까웠다. 그리고 그 상처는 성인이 된 뒤에도 카프카의 내면에 깊게 각인된다. 그러나 카프카는 아버지와 싸우지 못한다.

아버지와 저 사이에 진정한 의미의 싸움이란 존재하지 않았습니다. 저는 순식간에 아버지에게 무장 해제되어 버렸으니까요. 그래서 결국 제가 할 수 있는 일이란 아버지로부터 도망가거나 한껏 비참해지거나 슬픔에 빠지거나 힘들게 스스로와 싸우는 것뿐이었습니다.

1919년 11월, 〈아버지에게 드리는 편지〉를 쓰는 카프카는 어떤 심정이었을까? 〈선고〉의 게오르크가 강물에 몸을 던지는 선택을 하게 된 것이 바로 이러한 이유였을 것이다. 다만 게오르크가 아버지를 넘어서려 시도한 데 비해 카프카는 끝내 그러지 못한다. 아버지는 카프카의 인생 전체를 지배하고 통제하는 존재였다. 이 편지 또한 끝내 아버지에게 전달되지 못했다.

7. 유대인으로서의 카프카

카프카는 유대인과 그 문화에 대해 관심이 많았다. 그러나 서구 사회에 동화되기를 원했던 아버지는 그런 카프카를 못마땅해했다.

제가 어떤 사람에게 조금 관심을 보이기만 해도 (물론 그런 일이 자주 있었던 것은 아닙니다만) 아버지는 기다렸다는 듯 욕과 비방과 독설을 늘어놓으며 간섭을 하셨지요. 제 기분은 생각하지도 않았고, 제 판단도 존중하지 않았습니다. 이를테면 유대인 배우 뢰비처럼 순진하고 어린아이 같은 사람한테도 그러셨습니다. 아버지는 그의 인품 같은 것은 잘 알지도 못하면서 (저는 이미 잊어버렸지만) 무서운 말투로 그를 독충에 비유하셨지요. 아버지는 제게 호의를 베푸는 사람들을 두고 항상 개나 벼룩에 대한 속담을 빗대 이야기하셨습니다.

여기서 말하는 속담은 "개와 함께 자는 사람은 벼룩과 함께 일어난다."이다. 헤르만 카프카가 유대인과 그의 아들을 어떻게 생각했는지 알 수 있는 부분이다. 헤르만 카프카뿐만 아니라 당시 서구 사회에서는 유대인을 독충 같은 존재로 보았다. 그러니 유대인의 문화에 관심을 가지는 카프카 또한 그에게는 똑같은 존재로 보였을 것이다. 그리고 그렇게 쌓이고 쌓인 아버지의 욕설과 비방과 독설은《변신》의 모티프가 되었을 것이다.

카프카는 내적 갈등이 심했다. 가족 안에서 부모님으로부터 부여받은 역할과 그것으로부터 도망치고 싶은 마음, 돈을 벌기 위해 일하는 직장인의 역할과 전업 작가로서 살고 싶은 마음, 글을 쓰면서 홀로 살고 싶은 마음과 가정을 이루어 안정적인 삶을 살고 싶은 마음 등 카프카는 자신의 삶에 대한 많은 고민과 갈등을 겪었다. 유대인으로 살아가는 삶 또한 내적 갈등의 한 요소였다. 그는 어떻게 살아가야 할 것인지, 자신의 정체성에 관심이 많았다.

오늘 식당에 갔을 때 (장군은 아직 거기에 없었는데) 대령이 어찌나 정중하게 나를 공동 식탁으로 초대하던지, 응할 수밖에 없었네. 그렇게 일은 시작된 거지. 몇 마디가 오가면서 내가 프라하에서 왔다는 것을 그들이 알게 되었네. (중략) 그러다가 그 주제는 지나가고, 사람들은 계속 식사를 이어갔지. 그런데 오스트리아 군대에서 언어학적인 훈련을 받아서인지, 청력이 예리한 장군은 그냥 넘어가지 않았네. 식사를 마친 뒤, 그는 다시 나의 독일어 발음을 의심하기 시작했네. 귀보다는 눈을 더 의심하는 것 같기도 했지. 그래서 어쩔 수 없이 나는 내가 유대인이라서 그렇다고 설명할 수밖에 없었어. 내 대답에 그는 학문적으로는 만족했지만, 인간적으로는 아니었네. 그런데 바로 그 순간, 앉아 있던 모든 일행이 자리를 떠나려 일어서는 게 아닌가. 나는 이 상황이 순전히 우연히 일어난 일이라고 믿고 싶네. 자리에 있던 다른 모든 사람이 우리의 대화를 들을 수는 없었을 테니까. (하지만 어제는 그들이 꽤 오랫동안 서로 어울렸는데 말이지. 내 방문이 식당과 붙어 있었기 때문에 난 그걸 알고 있었지.)

1920년 4월 10일에 막스 브로트에게 보낸 편지다. 카프카는 식당에서 밥을 먹을 때 별도의 공간에서 혼자 먹는 것을 선호했다. 채식을 하고 있었고, 무엇보다 다른 사람의 식사 속도에 맞추지 않아도 됐기 때문이다.

그런데 어느 날, 다른 사람들과 함께 밥을 먹다가 차별을 받게 된다. 카프카는 분명히 독일어를 사용하고 있었지만, 같이 밥을 먹던 사람이 카프카가 독일인이 아니라는 사실을 눈치챈 것이다. 그 사람은 카프카의 발음과 얼굴 생김새에서 어떻게든 독일인과의 차이점을 찾아내려고 노력했다. 이에 카프카가 자신이 유대인이라는 것을 밝히자, 그들은 약속이나 한 듯이 자리를 뜬다. 당시 서구 사회에서 유대인들이 어떤 대우를 받았는지 알 수 있는 대목이다. 이러한 이유로 헤르만 카프카도 아들이 유대인이라는 사실을 숨기고 사회에 순응하며 살기를 바랐을 것이다.

그럼에도 불구하고 카프카는 유대인 친구들과 어울리면서 유대인의 역사를 공부했다. 유대인으로서의 정체성을 찾기 위함이었다. 그는 히브리어를 공부하며 팔레스타인으로 이주하려는 계획도 세웠지만, 폐결핵과 후두암으로 결국 무산되고 만다.

8. 시작이면서 끝인 첫 문장

카프카 소설의 첫 문장에는 독특한 특징이 있다. 충격적이고 어마어마한 일을 아무렇지도 않게 보여준다. 이유도 과정도 모르지만, 그저 그런 일이 벌써 일어났다는 것을 알려준다. 첫 문장에서 핵심 사건을 모두 말해주는 셈이다.

《변신》은 "어느 날 아침 그레고르 잠자가 편치 않은 꿈에서 깨어났을 때, 자신이 침대에서 엄청 큰 벌레로 변해 있는 것을 발견했다."라는 첫 문장으로 시작한다. 방향 지시등도 켜지 않고 갑자기 들어온 자동차처럼, 이야기의 절정에 놓일 만한 사건을 툭 제시한 것이다. 왜, 어떻게 벌레가 되었는지는 중요하지 않다. 그저 그런 일이 일어났으므로, 벌레가 된 그레고르에게 앞으로 심상치 않은 일들이 일어날 것임을 암시한다.

〈시골 의사〉는 "나는 적잖이 당황하고 있었다."라고 시작하는데, 그 당황스러움은 작품의 끝까지 계속된다. 시골 의사인 '나'는 처음에는 마차를 끌 말이 없어서 당황하고, 중간에는 치료할 수 없는 환자 때문에, 마지막에는 다시 돌아갈 수 없을 것같이 느린 마차 때문에 당황한다. 그냥 그런 일들이 발생했고, '나'는 이 일들로 계속 당황스러워하다가 소설은 끝이 난다.

〈단식 예술가〉 역시 마찬가지이다. "지난 수십 년에 걸쳐 단식 예술가에 대한 관심은 매우 줄어들었다."라는 첫 문장으로 시작한다. 그리고 바로 이어 최고의 인기와 명예를 누리던 단식 예술가가 인기를 잃으며 마구간 옆 우리에 머물게 되는, 소설에서 가장 중요한 분기점이 되는 사건을 보여주며 이야기를 시작한다.

이처럼 카프카의 소설은 첫 문장에서 이미 중심 사건이 발생하고, 갈등은 최고조에 이른 상태이다. 그리고 그 갈등 속에서 주인공은 절망하거나, 실패하거나, 혹은 죽는다. 이 독특한 구조로 볼 때, 카프카는 사건 그 자체를 중요시한 것이 아니라 그 사건 속에서 작품의 주인공들이 어떻게 변해가는지 보여주는 것을 중요하게 여겼다는 것을 알 수 있다.

Ø2

프란츠 카프카 작품 읽기

선고

Das Urteil, 1916

1. 작품의 모티프, 펠리체 바우어

펠리체 바우어는 카프카가 사랑했던 여인으로, 〈선고〉라는 작품을 탄생하게 만든 사람이다. 카프카는 1912년 8월, 자신의 원고 교정을 위해 친구 막스 브로트의 집에 갔다가 펠리체 바우어를 만나게 된다. 이때 카프카는 펠리체 바우어의 건강하고 밝은 모습에 반했다고 한다. 그 당시 펠리체 바우어는 베를린에서 살고 있었다. 사랑에 빠진 두 사람은 편지를 주고받으며 사랑을 키워나간다. 두 사람은 오백여 통의 편지와 엽서를 주고받았는데, 그 편지의 대부분은 1912년 9월부터 1913년 3월까지 6개월 동안 오고 간 것이라고 한다.

편지로 사랑을 키워간 그들이 나눈 이야기는 가족이나 친구, 작품에 관한 내용이 주를 이뤘다. 카프카는 펠리체와 주로 일상의 이야기를 주고받았는데, 문학작품에 관한 이야기 또한 그에게는 일상적인 것이었고 사랑 못지않게 중요한 삶의 요소였기 때문에 편지의 내용에 자주 포함되었다.

두 사람은 몇 번의 만남과 헤어짐을 반복하다 1914년 6월에 약혼한다. 카프카의 부모는 펠리체의 건강함이 카프카의 삶에 도움이 될 것이라 생각하여 이 둘의 사랑을 승낙했다고 한다. 그러나 카프카는 약혼 직후부터 결혼에 대한 압박과 불안을 느낀다. 안정적인 결혼 생활이 자신의 작품 활동에 방해가 될 것이라고 여긴 듯하다. 그래서 한 달 후, 결국 파혼에 이르게 된다. 그 뒤 카프카는 아픔을 잊기 위해 글쓰기에 전념한다.

그러다가 1915년 1월, 카프카는 펠리체를 다시 만난다. 그리고 1917년 8월에 두 번째 약혼을 한다. 그러나 사흘 뒤, 카프카가 몸이 약해져 피를 토한 뒤 폐결핵 진단을 받고 요양을 떠나게 되면서 두 번째 파혼을 겪게 된다. 결국 두 사람은 5년여간 이어진 관계를 완전히 끝맺고 헤어진다. 이후 펠리체는 1919년에 다른 남자와 결혼해 미국으로 이주한다.

〈선고〉는 카프카가 펠리체를 만난 지 한 달쯤 지난 뒤에 쓴 작품으로, '펠리체 B. 양을 위한 한 편의 이야기'라는 부제가 붙어 있다. 사랑하는 그녀에게 헌정하는 작품인 것이다.

〈선고〉는 1912년 9월 22일부터 23일까지 하룻밤 만에 완성했다고 한다. 그가 1912년 9월 23일에 쓴 일기에는 이 작품을 완성하고 나서의 만족감이 잘 나타나 있다.

나는 〈선고〉를 22일 밤 10시부터 23일 아침 6시까지 단숨에 썼다. 너무 오래 앉아 있어서 다리가 뻣뻣해졌다. 뻣뻣해진 다리를 책상에서 꺼내기도 어려울 지경이었다. 분명 끔찍하게 힘든 일이었지만, 기쁘기도 했다. 마치 물에서 앞으로 쑥쑥 나가듯이 이야기가 진전되어 나갔기 때문이다.

카프카는 만난 지 한 달밖에 안 된 여인을 위해 소설을 썼다. 그건 아마도 펠리체 바우어에 대한 첫인상이 작품으로 쓰고 싶을 만큼 강렬했고, 그로 인해 그녀를 주체할 수 없을 정도로 뜨겁게 사랑하게 됐기 때문일 것이다.

2. 기괴하고 이상한 이야기

〈선고〉는 게오르크 벤데만에 관한 이야기다. 그는 최근 여러 가지 일을 겪었다. 3년 전에는 친구가 사업을 하겠다며 러시아로 떠났고, 2년 전에는 어머니가 돌아가셨다. 어머니가 돌아가신 후 아버지는 가게 일에 소극적이게 되었다. 이때 게오르크는 사업을 크게 일으켜 직원을 두 배나 늘리고 매출은 다섯 배나 올리게 된다. 한 달 전엔 유복한 집안의 딸인 프리다 브란덴펠트와 약혼도 했다. 그는 편지로 가끔 러시아로 떠난 친구와 소소한 일상을 주고받는데,

자신의 사업이 번창하고 있다는 이야기나 프리다 브란델펠트와의 약혼 같은 이야기보다는 대수롭지 않은 일들을 이야기하는 것을 훨씬 좋아한다. 그러나 그의 약혼녀는 러시아에 있는 친구에게 약혼 소식을 알려야 한다고 말한다.

아주 화창한 어느 봄날 일요일 오전, 게오르크는 친구에게 자신의 약혼 소식을 알리는 편지를 쓴다. 그리고 그 편지를 주머니에 넣고 아버지의 방으로 들어간다. 게오르크는 아버지와 한집에 살지만, 아버지의 방에 들어가는 것은 몇 달 만이다. 게오르크는 아버지에게 러시아에 있는 친구에게 자신의 약혼 소식을 알리는 편지를 보내겠다고 말한다. 그러자 아버지는 러시아에 정말 그 친구가 있기는 한 거냐며 다그치다가 갑자기 자신이 그 친구의 대리인이라며 소리친다. 아버지는 모든 걸 알고 있었다며 아들인 게오르크에게 "너에게 익사형을 선고하노라!"라고 말한다. 그러자 게오르크는 아버지의 방에서 뛰쳐나와 다리 위로 향한다. 거기서 "부모님, 전 언제나 당신들을 사랑했습니다."라고 말하고는 강으로 뛰어내리면서 소설은 끝이 난다.

선뜻 이해되지 않는 기괴한 이야기다. 몇 번을 다시 읽어봐도 풀리지 않는 의문이 꼬리에 꼬리를 문다. 게오르크는 친구에게 편지를 보내겠다는 이야기를 왜 굳이 아버지에게 하는 걸까? 또 아버지는 친구에게 편지를 보내겠다는 아들에게 왜 그런 친구가 있는 게 맞느냐 화를 내고 익사형을 선고했을까? 그리고 게오르크는 왜 아버지가 자신에게 익사형을 선고했다는 이유만으로 다리에서 뛰어내린 걸까?

〈선고〉는 상식적으로 잘 이해되지 않는 작품이지만, 실제 카프카의 심정이 잘 드러나 있다고 평가받는다. 카프카 스스로도 소설 속 주인공 게오르크와 그의 약혼녀 이름의 자음·모음 수가 자신과 펠리체 바우어의 자음·모음 수와 같다면서 자전적인 요소가 짙다고 밝히고 있다. 그렇다면 카프카는 이 작품을 통해 무엇을 이야기하고 싶었던 것일까?

3. 친구에게 보내는 편지

게오르크와 러시아에 있는 친구는 편지를 주고받는다. 그들이 나누는 편지의 내용은 대체로 시시콜콜한 이야기들이다.

게오르크의 친구는 고향에서의 일이 잘 풀리지 않아 3년 전쯤 도망치듯 러시아로 가버렸다. 페테르부르크에서 사업을 하고 있는데, 처음에는 잘되는 듯했지만 지금은 어려움을 겪고 있다. 게오르크를 제외하고는 다른 고향 친구들과 교류하지 않으며, 낯선 타지에서 혼자 지내고 있다.

반면 게오르크는 사업이 번창하여 매출도 오르고 약혼도 했다. 사회에 적응하지 못하고 외톨이가 되어가는 친구와는 달리 자신의 역할을 톡톡히 해내는 모범적인 인물이 되어간다. 그러나 게오르크는 자신의 친구에게 그간 있었던 변화를 이야기하지 않는다. 사업이 잘 되어간다거나 약혼녀가 생겼다는 등 중요한 일들에 대해서는 언급하지 않고, 그저 사소한 이야기들만 편지에 적어 보낼 뿐이다. 약혼녀가 왜 친구에게 약혼 소식을 알리지 않느냐고 묻자, 그는 친구를 방해하고 싶지 않기 때문이라고 대답하면서 이렇게 덧붙인다.

"어쩌면 그는 나를 부러워하고 자신의 처지에 더 불만을 가질지도 몰라. 그런 불만을 쉽게 떨쳐버리지 못한 채 다시 혼자 러시아로 되돌아가겠지."

게오르크는 친구가 자신의 성공을 진심으로 기뻐하기보다는 오히려 자신의 소식으로 인해 지금보다 더 상황이 나빠질 수도 있을 거라고 생각한다. 그래서 혹시라도 친구를 잃게 될까 봐 지금껏 자신의 변화를 이야기하지 못한 것이다. 하지만 결국 약혼녀의 성화에 못 이겨 친구에게 사실대로 편지를 쓰기로 결심한다.

"나는 이런 사람이니까, 그 친구는 있는 그대로의 내 모습을 받아들여야 해. 친구와 지켜온 우정을 위해 현재의 내 모습과는 다른 모습을 억지로 만들어낼 필요는 없잖아."

게오르크는 이렇게 자기암시를 하듯 중얼거리며 편지를 쓴다. 그동안 친구는 게오르크가 말한 시시콜콜한 이야기들만 알고 있을 뿐, 예전과는 달라진 그의 상황은 알지 못한다. 편지로 우정을 이어왔지만, 그의 본모습은 제대로 모르는 것이다. 그래서 게오르크는 친구에게 있는 그대로의 자신을 보여주기로 한다.

> 오늘은 내가 상당히 행복하다는 소식을 전할게. 우리의 관계에서 변한 것이 있다면, 네가 이제 그냥 평범한 친구가 아니라 아주 행복한 친구를 가지게 되었다는 거야. 지금 내 약혼녀도 너에게 진심으로 안부를 전하고 있고, 다음번에는 직접 너한테 편지를 쓰기로 했어. 내 약혼녀도 너와 진정한 친구가 될 거라고 믿어.

게오르크는 편지에 자신의 결혼식에 참석해 달라는 말까지 덧붙인다. 그러나 그는 다 쓴 편지를 손에 들고 오랫동안 생각에 잠긴다. 이는 아마도 친구와의 관계가 이전과 같지는 않을 것임을 무의식적으로 느꼈기 때문일 것이다.

4. 익사형을 선고하는 아버지

게오르크는 친구에게 보낼 편지를 주머니에 넣고 아버지의 방으로 들어간다. 화창한 봄날 오전이지만 아버지의 방은 어둡다. 돌아가신 어머니와의 추억이 가득한 여러 가지 물건들이 방 한쪽을 차지하고 있고, 자신을 향해 다가오는 아버지는 여전히 거인처럼 몸집이 크다. 가게나 거실에 있을 때의 모습과는 달리, 방 안에서의 아버지는 팔짱을 낀 채 굳건히 버티고 있다. 아버지는 방에 들어온 게오르크에게 가게에서의 일들을 자신에게 숨기고 있다며 따지더니, 갑자기 러시아에 진짜 그런 친구가 있느냐 묻는다.

게오르크는 아버지를 진정시키고 침대에 눕히면서 그 친구가 집에 놀러 왔던 이야기를 한다. 그리고 아버지에게 어두운 방 대신 환한 거실에 나와 있으라고 말한다. 그는 아버지를 침대에 눕히고 이불을 덮어주는데, 아버지는 두 번이나 이불이 잘 덮였냐고 다시 묻는다. 이 장면은 죽은 사람의 얼굴을 하얀 천으로 덮는 모습을 떠올리게 하는데, 아버지의 사회적 죽음을 묘사한 것으로 보인다. 아버지는 순순히 침대에 눕는 것 같더니, 갑자기 벌떡 일어나 이렇게 말한다.

> "그대로 있어. 나는 네 도움 따위 필요치 않아! (중략) 착각하지 마라! 아직은 내가 훨씬 더 강하니까."

이 말을 들은 게오르크는 아버지가 여전히 건재하다는 사실을 깨닫는다. 화창한 햇빛이 쏟아지는 거실에서 아버지를 마주했다면, 아버지에게 힘을 주는 어머니의 물건들이 없는 곳이었다면 아마 아버지는 그렇게 보이지 않았을 것이다. 그러나 방에 있는 아버지는 가게나 거실에서의 아버지와 달랐다.

아버지의 방은 게오르크가 침범할 수 없는 공간이다. 그래서 그는 아버지의 방으로 들어가는 순간 주도권을 빼앗기게 된다.

> "지금까지 넌 너밖에 몰랐어! 넌 원래 순진무구한 아이였지만, 더 근본적으로 보면 악마 같은 인간이었던 거야! 그러니 잘 알아둬. 지금 너에게 익사형을 선고하노라!"

아버지는 갑자기 게오르크에게 자기밖에 모르는 악마 같은 인간이라고 말하며 물에 빠져 죽는 형벌을 내린다. 아버지가 아들에게 할 말이라고는 도무지 생각하기 어렵다. 그런데 게오르크는 이런 말도 안 되는 선고에 아무런 저항도 하지 못하고, 결국에는 그 선고를 직접 실행하기에 이른다. 게오르크는 어린 시절의 실패와 아버지로부터의 억압에서 벗어나 스스로의 삶을 영위하고자 했으나, 결국 다시 아버지 앞에 무릎을 꿇고 만 것이다.

게오르크는 어머니가 돌아가시고 나서 아버지가 더는 옛날 같지 않게 됐고, 자신이 사업을 발전시키면서 일이든 일상이든 주도권을 잡게 됐다고 여겼다. 그러나 아버지는 건재했고, 심지어 자신의 앞날을 망칠 수도 있는 존재라는 것을 느끼게 된다.

"네 신부와 팔짱을 끼고서 나한테 나타나기만 해봐라. 난 그녀를 네 옆에서 떼어내 버릴 거야. 내가 어떻게 그렇게 할 수 있을지 넌 모르겠지!"

게오르크는 아버지의 말이 믿기지 않는 듯이 얼굴을 찡그렸다. 아버지는 자기가 퍼부은 말이 사실이라고 강조하듯이 게오르크가 서 있는 구석 쪽을 쳐다보며 고개를 끄덕였다.

게오르크는 한순간에 친구도 잃고, 사업도 잃고, 약혼도 깨질지 모른다고 생각한다. 이 소설의 부제가 '펠리체 B. 양을 위한 한 편의 이야기'임을 떠올린다면, 카프카는 그녀와의 사랑이 결국 새드 엔딩일 것임을 예감했을지도 모르겠다.

어쩌면 카프카는 사랑하는 여인과 결혼하기 위해서는 있는 그대로의 모습을 타인에게 드러낼 수 있어야 한다는 것, 그리고 그 모습을 받아들일 수 있는 사람을 만나야 한다는 것을 말하고 싶었던 게 아닐까? 또 한편으로는 아버지의 그늘에서 벗어나 스스로 생계를 꾸리고 성공해야 한다고 생각했을 수도 있다. 이런 면에서 게오르크가 자신의 본모습이 담긴 편지를 들고 아버지의 방에 들어가 자신이 내린 결정을 이야기하려고 한 것은, 카프카가 펠리체와 결혼하기 위해 거쳐야 할 과정을 표현한 것으로도 볼 수 있을 것이다. 그러나 소설에서나 현실에서나 아버지는 여전히 강했고, 또 자식의 삶과 생각을 통제하려는 존재였다.

소설에서는 게오르크가 사업을 이어받아 성공하고 약혼도 하며 승승장구하지만, 현실에서의 카프카는 그렇지 못했다. 1911년에 카프카의 여동생 부부가 석면 제조 회사를 설립하자, 집안에서는 카프카에게 그 회사의 경영에 참여하라 압박했다고 한다. 이를 거부하지 못한 카프카는 결국 자금을 대고 경영에 참여하게 되는데, 그는 이 일에 큰 부담을 느끼며 괴로워했다.

왜 어머니가 매일 저녁 내게 투덜거리셨는지……. 아버지가 안심하도록 한 번쯤 공장 여기저기를 둘러봐야 한다고 말이지. 아버지는 또 표정이나 다른 이런저런 방법으로 왜 그렇게 심하게 화를 내셨는지……. (중략)

그때 나는 확실하게 깨달았어. 이 순간 나한테는 두 가지 가능성만이 존재한다는 사실을. 그건 모두 잠들고 난 뒤 창문에서 뛰어내리거나, 다음 2주 동안 날마다 매제의 공장 사무실에 나가는 것이지.

1912년 10월에 카프카가 막스 브로트에게 쓴 편지의 일부이다. 게오르크가 뛰어내리는 선택을 했다면, 카프카는 현실에 굴복하는 선택을 했다. 글을 쓰며 살고 싶었지만, 어쩔 수 없이 공장에 나가 일해야만 했던 카프카의 삶은 얼마나 괴롭고 힘들었을까?

아무 글도 쓰지 못했음. 공장에 갔고, 기관실에서 두 시간 동안 가스를 마셨음. 직업빈징과 난방 기사가 엔진 앞에서 나에게 보여주던 그 에너지. 엔진은 원인을 알 수 없는 이유로 점화되지 않고 있음. 비참한 공장.

게오르크가 아버지의 선고에 복종하며 자신의 뜻을 이루는 데 실패한 것처럼, 카프카 역시 결혼에서도 사업에서도 뜻을 이루지 못하고 결국 파혼과 폐업에 이르게 된다. 카프카는 이런 자신의 운명을 예감하고, 게오르크를 통해 그 심정을 표현했던 것이 아닐까?

변신

Die Verwandlung, 1915

카프카가 1912년 11월 17일에 쓰기 시작해 12월 7일에 마무리한 이 소설은 그의 작품 가운데서도 가장 많이 알려져 있다. 3주 정도의 짧은 시간에 완성한, 그러나 오랫동안 독자들에게 사랑받고 있는 이 소설의 매력은 무엇보다 소재의 신선함일 것이다.

《변신》은 주인공 그레고르 잠자가 어느 날 아침 느닷없이 벌레로 변해버린 이야기다. 주인공이 벌레가 되어버린 이유도 드러나지 않고, 다시 인간으로 돌아오지도 않는다. 변해버린 그레고르는 그 모습 그대로 가족들에게 냉대를 받다가, 점점 잊히다가, 상처와 굶주림으로 죽게 된다. 음습하고 잔인하며 우울한, 잔혹 소설에 가깝다.

총 3부로 구성된 이 소설의 1부는 외판사원이었던 그레고르 잠자가 벌레로 변해버린 하루에 대한 이야기다. 온 가족이 놀라고 당황스러워 이러지도 저러지도 못하며 일상이 망가진다. 2부는 가족들이 점차 그레고르를 진짜 벌레처럼 취급하게 되고, 각자 자신의 역할을 해나가며 그레고르의 존재를 잊어가는 이야기다. 3부는 아버지가 던진 사과 때문에 생긴 상처와 가족들의 외면으로 인한 굶주림으로 결국 그레고르가 죽게 된다는 내용으로, 그레고르의 죽음과 그 후 가족들의 삶에 관한 이야기를 담고 있다.

1. 작품의 줄거리

1부. 그레고르 잠자, 벌레가 되다

어느 날 아침 편치 않은 꿈에서 깨어났을 때, 그레고르 잠자는 자신이 흉측한 벌레가 되어 있음을 깨닫는다. 이유도 없이 갑자기 벌레로 변해버린 것이다. 상황을 받아들이지 못한 그레고르는 이것이 꿈이며, 더 자고 일어나면 괜찮아질 거라고 생각한다. 그러나 그는 등을 바닥에 댄 채 수없이 많은 짧은 다리를 버둥거릴 뿐, 다시 잠에 들 수 없었다. 곧 그는 자신의 신세를 한탄하기 시작한다.

그레고르는 회사에 출근하기 위해 새벽 4시에 일어나야 했고, 먼 도시로 출장을 가는 일이 잦았으며, 불규칙하고 형편없는 식사에, 거래를 성사시키기 위해 사람들의 비위를 맞춰야 했다. 삶이 고달팠던 그는 악마가 이 모든 것을 가져가 주었으면 하고 바랐다. 그런데 정말 악마가 그의 바람을 들어준 것일까? 벌레가 된 그레고르는 바라던 대로 일을 할 수 없게 되어버렸다.

출근할 시간이 지나자 어머니가 그레고르를 깨운다. 그는 어머니의 목소리에 응답하려 하지만, 인간의 말을 할 수 없다. 그레고르가 대답도 없고 방에서 나오지도 않자 가족들은 그를 걱정하기 시작한다. 곧 아버지와 여동생까지 와서 문을 열라고 재촉하지만, 뒤집힌 벌레 신세라 일어나기가 쉽지 않았다. 그는 침대 기둥에 몸을 부딪치기도 하고 침대 밖으로 몸을 날려 서랍장에 기대기도 하면서 일어나려고 애썼다.

그러는 동안 회사 지배인이 집으로 찾아오고, 출근하지 않은 그레고르가 업무에 태만하다며 불평한다. 그레고르는 5년 동안 근무하면서 한 번도 결근하지 않고 성실히 일했는데, 겨우 하루 지각했다고 이런 처우를 받는 건 부당하다고 생각했다. 그는 곧 출근하겠다 장담하면서, 지금은 몸이 좀 불편한 것뿐이고 이런 일은 누구에게나 닥칠 수 있다고 말한다. 그러나 그 말소리는 인간의 것이 아닌 동물의 소리였다. 방 밖의 어머니는 이 소리를 듣고 너무 놀라 딸 그레테에게 의사를 불러오라고 하고, 아버지는 가정부에게 열쇠공을 데려오라고 한다.

그레고르는 의자에 기대 몸을 일으켜 세우고 손 대신 턱으로 마침내 방문을 연다. 지배인과 어머니, 아버지는 그레고르의 모습을 보고는 공포에 휩싸인다. 지배인은 도망치고, 어머니는 아버지의 품에 기대어 운다. 아버지는 지팡이와 신문을 마구 휘두르며 그레고르를 방으로 몰아넣는다. 그런데 방문을 통과하기에는 그의 몸집이 너무 커져버렸다. 문 사이에 몸이 끼어 옴짝달싹 못하고 있는데, 아버지가 그레고르를 발로 차 방 안으로 밀어 넣는다. 그의 옆구리에서는 피가 흘렀고, 그렇게 방에 갇히게 되었다.

2부. 가족들의 속사정

그날 저녁, 그레고르는 음식 냄새에 몸을 일으킨다. 그레고르가 자는 동안 여동생이 방 안에 우유와 빵을 넣어둔 것이었다. 아침부터 아무것도 먹지 못한 그레고르는 배가 고파 우유가 담긴 그릇에 머리를 처박았지만, 이상하게도 평소 자기가 좋아하던 우유가 역겹게 느껴져 마실 수가 없었다. 벌레로 변한 뒤 입맛도 변해버린 것이다. 그레고르는 어쩔 수 없이 다시 몸을 돌려 방 한가운데로 기어 돌아온다.

그레고르의 여동생 그레테는 벌레가 되어버린 그를 돌보았다. 그레고르는 그레테가 청소를 하거나 음식을 주기 위해 자신의 방에 들어오면 그녀의 눈에 띄지 않으려고 침대 아래에 몸을 숨겼다. 그레테는 그레고르의 입에 맞는 음식을 찾기 위해 여러 가지 음식을 신문지 위에 펼쳐놓았는데, 벌레로 변한 그는 신선한 것이 입에 맞지 않았다. 그레고르는 하루에 두 번 음식을 받아먹으며 방 안에 갇혀 지내게 된다.

5년 전 아버지의 사업이 망해 큰 빚이 생기고 나서부터, 그레고르는 빚을 갚기 위해 적성에 맞지도 않는 외판사원으로 일하면서 가족들의 생계를 책임져 왔다. 처음에 가족들은 그레고르에게 감사하며 행복해했으나, 점차 그 상황에 익숙해지자 당연한 것으로 여겼다. 그래도 그레고르는 음악을 좋아하고 바이올린을 연주하는 동생을 음악원에 보내기 위해 고된 일을 참아내는 중이었다.

그레고르는 방에 갇혀 지내면서 그동안 바쁘게 일하느라 미처 몰랐던 가족들의 사정을 알게 된다. 다행인 것은 그가 일하지 않아도 한두 해 정도는 생계를 유지할 수 있을 만큼의 돈이 있다는 사실이었다. 아버지는 파산했지만 약간의 돈이 남아 있었고, 그동안 그레고르가 번 돈을 조금씩 모아두기도 했기 때문이다. 그레고르는 이 사실을 알고 나서 자신을 속였다는 배신감 대신, 오히려 다행이라고 생각한다. 그리고 그 이후 가족들의 생계를 걱정한다.

> 물론 아버지는 건강에는 큰 문제가 없었지만 이미 나이 많은 노인이었고, 5년 동안 아무 일도 하지 않았기 때문에 할 수 있는 일이 없을 거라고 생각했다. (중략)
> 그렇다면 늙은 어머니가 돈을 벌러 나가야 하나? 천식으로 고생하고 있는 어머니는 집 안에서 여기저기 돌아다니는 것도 몹시 힘들어했고, 이틀에 한 번은 호흡 장애를 일으켜 온종일 창문을 열어둔 채 소파에서 지내야 하는 신세였다.
> 그렇다면 여동생이 돈을 벌어 와야 하나? 여동생은 아직 열일곱 살이라 어린아이나 다름없었다. 지금까지 옷이나 좀 깔끔하게 입고, 늦잠

이나 자고, 집안일이나 좀 거들고, 작은 연회에나 몇 번 가고, 무엇보다 바이올린을 켜며 생활하는 것이 전부였다.

그래서 옆방에서 가족들이 돈벌이에 대한 이야기를 나눌 때마다, 그레고르는 늘 문 옆에 놓인 서늘한 가죽 소파에 몸을 던졌다. 너무 수치스럽고 참담한 나머지 몸이 후끈 달아올랐기 때문이다.

그레고르는 벌레로 변해 방에 갇혀 있지만 여전히 가족을 걱정했고, 가족에게 도움이 되지 못한다는 생각에 수치심과 슬픔을 느낀다. 그러면서도 그는 조금씩 벌레로서의 삶에 적응하여, 벽과 천장을 기어 다니며 편안함을 느끼기도 한다.

그레고르가 창밖을 보는 것을 좋아하고, 방 안을 기어 다닌다는 것을 알게 된 여동생과 어머니는 그의 가구들을 치우기 시작한다. 그러나 그레고르는 자신의 소중한 물건들이 사라지는 것을 보자, 그것들을 지키기 위해 벽에 걸린 액자에 달라붙는다. 어머니는 그 모습을 보고 놀라서 쓰러졌고, 아버지는 그레고르 때문에 어머니가 쓰러졌다는 말을 듣고 그에게 사과를 던진다. 사과는 그의 등에 그대로 박혀버린다.

3부. 우리는 저것에게서 벗어나야 해요

그레고르는 등에 박힌 사과 때문에 한 달 넘게 고통받고 있었다. 그러는 동안 아버지는 은행 안내원으로 취직했고, 어머니는 삯바

느질을 했으며, 여동생은 가게에서 점원으로 일하기 시작했다. 다들 생계를 위해 일하느라 그레고르를 챙기는 데는 점점 소홀해졌다. 여동생도 더 이상 그레고르가 좋아하는 음식을 갖다주려고 애쓰지 않았으며, 일하러 나가기 전에 급히 아무 음식이나 밀어 넣곤 했다. 늙은 가정부만이 가끔 그를 보러 올 뿐이었다. 게다가 그의 방은 이제 쓰지 않는 물건들로 가득 차서 기어 다닐 공간이 없을 정도였다. 하숙인을 들이기 위해 새 방을 만들면서 온갖 잡동사니를 그레고르의 방으로 옮겨놓았기 때문이다. 그렇게 새로 만든 방에는 세 명의 하숙인이 들어와 살게 된다.

어느 날 저녁, 하숙인들과 가족들이 거실에서 그레테의 바이올린 연주를 듣고 있었다. 이때 그레고르가 그레테의 아름다운 바이올린 연주에 감동한 나머지 방에서 나와 여동생에게 다가간다. 그 모습을 본 하숙인들은 놀라서 아버지에게 항의했고, 계약을 해지하겠다고 통보한다. 그러자 화가 난 그레테가 이렇게 말한다.

"사랑하는 부모님, 더 이상 이렇게 지낼 수는 없어요. 두 분은 어떤지 모르겠지만, 저는 이제 알겠어요. 저는 저런 괴물에게 더 이상 오빠의 이름을 부르지 않을 거예요. 그러니까 제가 말씀드리려는 것이 뭐냐면, 우리가 저것에게서 벗어나야 한다는 거예요. 우리는 그동안 저것을 돌보며 저것을 참아내기 위해 인간으로서 할 수 있는 모든 일을 다 했잖아요. 세상에 우리를 조금이라도 비난할 수 있는 사람은 아무도 없을 거예요."

여동생의 말을 들은 그레고르는 힘없이 몸을 돌려 자기 방으로 돌아간다. 그의 방에는 빗장이 채워지고, 그날 밤 그레고르는 숨을 거둔다. 다음 날 아침, 늙은 가정부가 그레고르의 시체를 발견하고 가족들에게 알린다. 그가 죽었음을 확인한 아버지는 "이제 하느님께 감사드려야겠어."라면서 성호를 긋는다. 휴식의 필요를 느낀 가족 모두는 각자의 일터에 휴가계를 낸다. 그러는 동안 가정부는 '옆방의 그 물건'을 이미 치워놓았고, 그레고르가 치워진 뒤 세 사람은 오랜만에 교외로 나가 앞일에 관한 계획과 딸의 미래를 이야기한다.

그레고르는 가족으로 인한 상처와 굶주림 때문에 죽음을 맞았고, 그렇게 이 세상에서 사라진다. 마지막까지 가족에 대한 원망 대신, 걱정과 애정의 마음을 품고서.

"그러면 이제 어떻게 하지?"

그레고르는 자신에게 물어보며, 어둠 속에서 주위를 둘러보았다. 그는 이제 자신이 움직일 수 없다는 것을 알았다. 그것은 전혀 놀라운 일이 아니었다. 오히려 지금까지 이렇게 가는 다리로 돌아다녔다는 것이 신기했다. 그리고 지금은 비교적 편안한 상태였다. 온몸에 통증이 느껴지기는 했지만, 그것은 점차 약해져서 마침내는 완전히 사라질 것만 같았다. 등에 박혀 썩어버린 사과와 그 주위의 염증 부위조차도 모두 먼지가 덮여 있어서 지금은 거의 아픔이 느껴지지 않았다. 그는 격한 애정에 휩싸인 채 가족들을 생각했다. 그는 여동생보다도 더 단호하게 자신이 사라져야 한다고 생각했다. 탑시계가 새벽 세 시를 칠 때까지 그는 이렇게 공허하고도 평화로운 사색에 잠겨 있었다. 창밖의 세상이 점차 환하게 밝아오는 것을 생생하게 느낄 수 있었다. 그러고는 자신도 모르게 그의 머리가 아래로 푹 떨어졌고, 그의 콧구멍에서는 마지막 숨이 힘없이 흘러나왔다.

2. 변신 이야기

카프카는 1915년 10월 25일 쿠르트 볼프 출판사에 편지 한 통을 보낸다.

귀하께서는 오토마르 슈타르케가 《관찰》의 속 표제지 그림 작업을 하고 있다고 말씀하신 적이 있습니다. 《나폴레옹》에서 본 그의 그림으로 짐작하건대, 저는 어쩌면 아주 불필요할 수 있는 사소한 걱정을 하게 됩니다. 무엇이냐 하면, 슈타르케가 삽화를 잘 그리긴 하지만 그 벌레 자체를 그리려 하지 않을까 하는 걱정입니다. 그러지 않기를, 제발 그러시면 안 됩니다! 제가 그의 권한을 제한하려는 것은 아니지만,

제가 더 그 이야기를 잘 알기에 부탁하려는 것입니다. 그 벌레 자체는 묘사하면 안 됩니다. 멀리서조차 보여서는 안 됩니다. (중략) 제가 삽화에 대한 제안 하나를 해도 된다면, 저는 다음과 같은 장면을 선택하겠습니다. 굳게 잠긴 방문 앞에 부모와 지배인이 서 있는 장면, 또는 더 좋은 것은 불 켜진 방에 부모와 누이동생이 있고 아주 어두운 옆방의 문이 열려 있는 장면.

《변신》의 초판본 표지

문이 반쯤 열려 있고, 그 왼쪽에는 한 남자가 손으로 얼굴을 가리고 있는 장면이 실제 《변신》의 표지 디자인이다. 출판사에 직접 보낸 편지에서도 알 수 있듯이, 카프카는 벌레가 삽화에 포함되어 독자들의 상상력을 제한하는 것을 경계했다. 카프카는 소설 속에서 벌레의 겉모습을 꽤 많은 분량으로 설명하고 있다. 그러나 똥풍뎅이를 닮은 벌레라고 묘사할 뿐, 벌레의 이름을 정확히 적지는 않았다. 국내에서는 주로 풍뎅이, 하늘소, 딱정벌레 따위의 곤충을 통틀어 이르는 말인 '갑충'으로 번역한다.

그러나 이 소설에서 그레고르가 어떤 벌레로 변했는지는 중요하지 않다. 중요한 것은 하루아침에 그레고르가 사람 몸집만 한 징그럽고 끔찍한 벌레가 되었다는 점이다. 그레고르가 벌레가 되었다는 '사실'만이 중요하다.

카프카는 이 소설이 다른 변신 모티프 소설처럼 읽히길 원치 않았을 것이다. 《단군 신화》, 《그리스·로마 신화》, 《박씨전》 등 변신 모티프 이야기는 예나 지금이나 동서양을 막론하고 독자들의 흥미를 끈다. 대부분의 변신 모티프 이야기는 어떻게, 왜 변신하게 되었는지와 변신 이후 주인공의 영웅적인 모습을 통해 일어나는 사건을 중요하게 다룬다.

그런데 《변신》은 기존의 변신 모티프 이야기들과는 다르게 전개된다. 이 소설에서는 주인공이 벌레로 변한 이유가 나오지 않는다. 그레고르는 그저 5년간 한 번도 결근하지 않고 가족들의 생계를 책임지며 성실하게 일한 직장인일 뿐이다. 그렇게 평범하게 살아왔던 그가 어느 날 뜬금없이 벌레로 변한 것이다. 지난밤 컨디션이 좋지 않아 뒤숭숭한 꿈을 꾸었을 뿐인데, 그냥 그런 일이 벌어졌다.

누구나 한 번쯤은 그레고르와 같은 생각을 해본 적이 있을 것이다. 해야 할 일에 파묻혀 너무 힘들 때, 또다시 고된 아침이 시작되는 것이 두려울 때…… 그럴 때면 시간이 멈추기를 바라거나 내가 아닌 다른 존재가 되기를 꿈꾸기도 하니까 말이다. 누구나 그럴 수 있는 것처럼, 그레고르도 일상에서 벗어나고 싶다는 소망을 빌었을 뿐이다. 그런데 그 소망을 악마에게 빌었기 때문일까, 그레고르의 바람은 기이하게 실현되어 버렸다.

그레고르는 벌레로 변한 뒤, 혼수상태 같은 무거운 잠에 빠져 충분히 쉴 수 있게 되었다. 벌레가 되어서야 비로소 바라던 휴식을 얻게 된 것이다. 그렇지만 다른 변신 이야기들과 달리, 그의 변신은 죽음을 가져온다. 주인공은 무기력하게 살아가다 가족에게 소외당하고, 그러다 결국 스스로 가족에게서 사라지는 쪽을 택하며 이야기가 마무리된다.

3. 왜 벌레가 되었을까?

그레고르가 강아지나 고양이가 아닌 끔찍한 벌레로 변한 데에는 분명 이유가 있을 것이다. 그레고르는 벌레가 되고 나서 어디에도 속하지 못한다. 회사에 출근할 수 없는 것은 당연하고, 방 밖으로 나갈 때마다 온갖 폭력에 노출된다. 가족들은 점점 그레고르를 가족의 일원으로 받아들이지 않게 되며, 어느 순간 그는 '저것'으로 전락하고 만다. 그래서 결국 '저것'은 없어져야 하는 존재, 가족에게 쓸모없는 존재가 되어버린다.

'벌레 취급'이라고 하면 과거 서구 사회의 유대인이 떠오른다.

그 당시 유대인들은 말 그대로 벌레 취급을 당했다. 그러니 유대인으로서 프라하에 살았던 카프카도 당연히 사회적 불안을 느꼈을 것이다. 거기다 아버지와의 불화로 가족 내 구성원으로 온전히 받아들여지지 못하는 데서 오는 불안 또한 느꼈을 것이다.

이렇듯 당시 카프카가 느꼈던, 어디에도 온전히 속할 수 없었던 불안감을 대변한 작품이 바로《변신》이다. 가정에서도 사회에서도 자신의 존재가 위태로웠던 상황이 벌레로 변신한 그레고르를 만들어낸 것이다. 이로 미루어 볼 때 당시 카프카는 일상의 모든 순간이 완전히 변해버릴 수도 있고, 그로 인해 가족과 사회로부터 격리된 채 서서히 죽어갈 수도 있다는 불안과 공포에 직면해 있었음을 짐작할 수 있다.

또 그레고르는 자신의 욕망을 억누른 채 가족을 위해 살았다. 과다한 업무와 심한 스트레스, 해고의 압박감과 지배인의 감시를 견디며 일에 매달렸다. 하지만 그런 날이 끝도 없이 이어지면서 간절히 현실을 벗어나고 싶어 했고, 그 결과 변신이라는 악마의 선물을 받게 된다.

이 부분에서도 많은 연구자가 그레고르와 카프카를 동일시한다. 카프카는 1908년 노동자 재해보험 공사에 취직한 후 1922년 병에 걸려 퇴직하기 전까지 일했다. 이때 카프카는 펠리체 바우어에게 보낸 편지에서 넓은 지하실에 램프를 켜놓은 채 글을 쓰면서 살고 싶다고 했고, 문밖에 누가 먹을 것을 가져다 놓으면 음식을 가시러 가는 것만이 유일한 산책이 되는 삶을 살고 싶다고도 했다. 그런데 그의 이러한 소망을 곰곰이 생각해 보면, 벌레로 변한 그레고르의 삶과 그리 다르지 않다.

또 그레고르와 카프카는 자신의 정체성에 대한 고민과 존재 자체에 대한 불안을 느낀다는 점에서도 유사하다. 카프카는 자신에게 부여된 가족 회사 경영의 책임과 가족 구성원으로서의 임무, 결혼이라는 사회적 제도로의 편입 등을 제대로 이행하지 못하면 결국 그레고르처럼 벌레 취급을 받으며 죽음을 맞이할 수밖에 없다는 사실을 알고 있었을 것이다. 그래서 그는 벌레가 된 그레고르를 통해 가족 간의 소외와 단절을, 그리고 인간으로서의 불안을 이야기하고 싶었을 것이다.

4. 인간의 조건

가족 구성원 중 한 명이 하루아침에 그레고르처럼 벌레가 되었다고 가정해 보자. 그것도 사람 크기만 한 흉측하고 징그러운 벌레. 우리는 그 벌레를 가족처럼 대할 수 있을까?

그레고르는 단지 겉모습만 벌레로 변했을 뿐이다. 생각할 수도 있고, 가족들의 이야기를 들을 수도 있다. 그러나 그레고르는 가족들에게 아무런 도움이 되지 못하고, 오히려 여러모로 골치 아픈 존재로 인식되어 간다.

그렇다면 그레고르는 인간일까, 벌레일까? 겉모습은 벌레이지만, 내면은 인간이다. 인간의 말을 하지 못하고 끽끽거리는 동물 소리를 내지만, 인간의 말을 이해할 수는 있다. 또 자신의 소중한 추억이 담긴 가구들을 빼앗기자 어머니와 여동생에게 의도적으로 자신의 모습을 드러내고 아끼는 액자 위에 붙어 그것들을 지키고자 하는 의지도 내보인다. 게다가 여동생의 바이올린 연주를 듣고 감동하기도 한다.

> 그레고르는 최대한 머리를 바닥에 붙이고서 한 번이라도 여동생과 눈길을 마주치기 위해 조금 더 앞으로 나아갔다. 이렇게 음악에 감동을 받는데도 그가 벌레인가? 음악을 들으면서 그는 마치 그가 열망하는 미지의 양식에 이르는 길이 열리는 것만 같았다.

겉모습은 흉측한 벌레이지만 그레고르의 내면은 그렇지 않다. 자신의 존재 이유도 잘 알고 있다. 그래서 가족들이 자신이 사라져 버리기를 바란다는 것을 알게 됐을 때, 그는 가족을 위해 죽음을 택한다.

벌레가 된 그레고르의 죽음을 통해 우리는 인간의 조건을 유추해 볼 수 있다. 그것은 다시 말하면, 그레고르가 벌레가 되면서 잃어버린 것들이다. 즉 인간을 인간답게 하는 것은 타인과의 소통, 공동체 속에서의 역할, 책임과 의무를 행할 수 있는 노동력, 최소한의 생활 공간과 문화적 취향, 삶의 이유 같은 요소라고 할 수 있다.

5. 가족이라는 이름의 가해자

"저것은 없어져야 해요. 그렇게 되어야 해요, 아버지. 저것이 그레고르 오빠라는 생각을 버려야 해요. 오랫동안 우리가 저것을 오빠로 믿었다는 것 자체가 우리의 불행이에요. 생각해 보세요. 어떻게 저것이 그레고르 오빠일 수 있겠어요? 저것이 정말 그레고르 오빠라면, 우리가 자기와 함께 살 수 없다는 것을 알아차리고 제 발로 나갔을 거예요. 그러면 우리는 오빠를 잃어버리기는 했겠지만, 우리끼리 살아갈 수는 있었을 거예요. 적어도 오빠에 대한 기억은 소중히 간직했을 테니까요. 그런데 이제 저것은 우리를 못살게 굴고, 하숙인들을 내쫓고 있어요. 나중에는 저것이 이 집을 독차지하고는 우리를 길거리로 내쫓을 것이 분명해요."

그레고르의 아버지는 5년 전 사업에 실패한 뒤 가장의 위치를 잃고 무력한 늙은이가 되었다. 그러나 자신의 돈을 몰래 챙겨놓을 만큼 이기적이고, 아들이 벌레로 변하자 그를 방 안에 가두어둘 만큼 몰인정하다. 또한 그레고르가 방 밖으로 나올 때마다 폭력을 휘두르고, 다시 가장의 지위를 되찾자마자 자기 뜻대로 행동한다.

어머니는 그레고르를 아끼지만, 흉측한 벌레가 된 그를 가장 받아들이지 못하는 사람이기도 하다. 그레고르를 마주할 때마다 정신을 잃거나 아버지의 품에 안겨 운다. 가정에 도움이 될 때는 그레고르를 가장 아꼈지만, 그렇지 못한 존재가 되자 어떻게 대해야 할지 난감해한다.

가장 극적인 성격 변화를 보여주는 사람은 여동생 그레테이다. 그녀는 벌레가 된 오빠에게 먹을 것을 가져다주고, 방 청소를 하며 환기도 시켜준다. 또 오빠가 창밖을 볼 수 있도록 가구도 옮겨준다. 그러나 시간이 흐르자 점점 오빠 방에 머무는 시간이 줄어들고, 청소도 대충 한다. 처음에는 오빠가 좋아하는 음식을 챙겨 먹이려 애쓰더니, 나중에는 음식을 먹는지 안 먹는지 관심조차 가지지 않는다. 그러면서도 자기 대신 어머니가 그레고르의 방을 청소했다는 사실을 알고는 울음을 터뜨린다. 오빠를 돌보는 것은 자기의 일이라고 생각해서인데, 정작 자신은 오물을 제대로 치우지도 않으면서 그 일을 다른 사람에게 뺏기고 싶지는 않은 것이다.

이런 아버지와 어머니, 동생은 그레고르가 죽자 몇 달 만에 교외로 나가서 앞일에 관해 이야기한다. 아버지와 어머니는 생기를 띠는 딸의 모습을 보면서 신랑감을 구해줘야겠다는 생각도 한다.

이제 그들은 그레고르가 골랐던 지금의 집보다는 더 작고 싸지만, 위치도 좋고 좀 더 실용적인 집을 얻고 싶었다. 이렇게 함께 이야기를 나누는 동안 잠자 부부는 점점 생기를 띠는 딸의 모습을 바라보며, 딸이 그동안 두 볼이 창백해질 정도로 고생했는데도 최근 들어 아름답고 탐스러운 처녀로 피어났다는 것을 거의 동시에 느꼈다. 잠자 부부는 말수가 줄어들더니 무의식적으로 눈길로 대화를 주고받으며, 이제는 슬슬 딸에게 성실한 신랑감을 구해주어야 할 때가 된 것 같다고 생각했다.

목적지에 도착하여 딸이 먼저 자리에서 일어나 젊은 몸을 쭉 펴며 기지개를 켰을 때, 잠자 부부에게는 그 모습이 그들의 새로운 꿈과 멋진 계획의 보증처럼 여겨졌다.

잠자 부부는 딸이 좋은 곳에 시집가서 집안에 도움이 되기를 소망한다. 그레고르가 죽은 날, 그들은 아무 일도 없었다는 듯 행복한 미래를 꿈꾼다. 그들에게는 아들이 죽은 날이 아니라 골치 아픈 '저것'이 사라진 날이니, 기쁜 날일 수도 있겠다.

뉴스에서 들려오는 잔혹한 이야기를 굳이 떠올리지 않더라도, 현재 우리 사회 역시 카프카가 《변신》에서 지적한 가족 구성원 간의 부조리, 인간 소외 문제에서 자유로울 수 없다. 슬픈 일이지만 그레고르 같은 사람, 그리고 그 가족 같은 사람이 점점 더 많아지고 있는 듯하다.

소송

Der Prozess, 1925

《소송》은 카프카가 1914년 8월부터 1915년 1월까지 쓴 미완성 장편소설로, 그가 죽고 난 뒤 막스 브로트에 의해 1925년 출간되었다. 총 10장으로 이루어진 이 소설은 1장 '체포'와 10장 '종말'이 먼저 쓰였다고 한다.

《소송》의 주인공 요제프 K는 대체로 9시까지 은행 사무실에 남아 업무를 본다. 일이 끝나면 혼자서, 혹은 사람들과 함께 산책을 하다가 맥줏집에 들러 11시까지 놀곤 했다. 그렇게 평범한 은행원의 일상을 보내던 그는 어느 날 아침 느닷없이 체포되었다. 그것도 서른 살이 되는 생일날 아침에. 그는 잘못한 일이 없었다. 요제프 K는 누군가 자신을 모략에 빠뜨린 것이 분명하다고 생각한다.

요제프 K는 자신의 무죄를 입증하기 위해 법원과 관련이 있는 사람들을 만난다. 첫 심리가 있었던 건물을 다시 찾아가 법정을 관리하는 여자와 그 여자를 쫓아다니는 대학생 베르톨트를 만나 예심판사에 대해 조사한다. 또 요제프 K의 소송 이야기를 듣고 찾아

온 숙부가 자신의 변호사 친구를 소개해 줘서 그에게 도움도 요청한다. 그러나 숙부와 변호사가 사건에 대해 이야기를 하는 동안 요제프 K는 변호사의 집안일을 봐주고 있던 레니에게 한눈을 판다. 게다가 그는 소송 때문에 은행 일에도 집중하지 못한다. 그러던 차에 평소 잘 알고 있던 제조업자가 은행에 들러 티토렐리라는 사람에게 요제프 K의 소송에 대해 들었다고 말하면서 그를 찾아가 볼 것을 권유한다. 요제프 K는 법원에서 일하는 사람들의 초상화를 그려주는 화가 티토렐리에게 자신의 소송 상황에 대한 이야기를 듣고 돌아온다. 소송에 별다른 진척이 없자 요제프 K는 다시 변호사의 집으로 가 해약을 통보한다. 그 후 은행 업무로 성당에 들렀다가 교도소에서 일하는 신부님을 만나 법원에 관련한 이야기를 듣는다.

1년 후 서른한 번째 생일 전날 저녁, 요제프 K는 두 명의 남자에게 처형당한다.

1. 체포되었으나 이유는 모른다?

매일 아침 8시경에 아침 식사를 가져다주는 하숙집 가정부가 웬일인지 나타나지 않았다. 요제프 K는 이런 일이 처음이라 이상하다고 느꼈다. 게다가 길 건너편에 사는 노파가 호기심 어린 시선으로 그를 쳐다보고 있었다. 요제프 K는 기분도 나쁘고 배도 고파서 벨을 눌렀는데, 갑자기 검은색 옷을 입은 남자들이 들어와서는 그를 체포했다.

누군가 요제프 K를 모함한 것이 틀림없다. 특별히 어떤 나쁜 짓을 한 것 같지도 않은데, 어느 날 아침 느닷없이 체포되었기 때문이다.

요제프 K는 영문도 모른 채 체포되었다. 자신을 방 밖으로 나오지 못하게 하는 감시인 프란츠와 빌렘에게 신분증명서도 제출해 보고, 체포 이유도 물어보았으나 소득이 없었다. 그들은 하루 10시간씩 요제프 K를 감시하면서 보수를 받았다. 그들은 자신들에게 내려진 명령은 착오가 있을 수 없다면서, 죄가 없다고 주장하는 요제프 K를 한심해한다.

감독관은 요제프 K를 방 밖으로 불러 뷔르스트너 양의 방에서 심문했다. 감독관은 자신이 요제프 K의 일과 관련해 아는 게 거의 없다면서, 고소당했는지는 모르겠지만 체포되었다는 것만은 분명하다고 말한다. 또 체포는 당했지만 은행에는 출근할 수 있고, 일상생활도 방해받지 않을 것이라고 했다.

그렇다면 요제프 K는 정말 체포된 것이 맞을까? 체포된 상태에서 어떻게 일상생활이 가능할까? 요제프 K는 이 모든 것이 생일맞이 깜짝 파티라고 의심했지만, 그는 분명히 체포된 것이 맞았다.

2. 타인의 시선

처음 체포되었을 때 요제프 K는 이 사실을 믿지 않았지만, 타인의 감시와 시선을 받게 되면서 점점 현실로 받아들이게 된다. 그는 자신에게 죄가 없다고 생각했지만, 시간이 지날수록 결백에 대한 확신을 잃게 되고 죄의식마저 느낀다.

누구나 타인에게 감시를 받으면 움츠러들기 마련이다. 요제프 K도 누군가가 자신을 감시하며 통제하고 있다고 느끼면서 위축되어 간다. 게다가 그는 어디를 가든 다시 체포되었고, 만나는 사람들은 그가 소송 중이라는 사실을 다 알고 있었다. 어떻게 알았는지 숙부도 요제프 K를 찾아와 변호사 친구를 소개시켜 주고, 숙부의 친구이자 변호사인 훌트도 이미 법원에서 이야기를 들어 요제프 K의 소송 이야기를 알고 있다고 말한다.

요제프 K가 물었다.

"어떻게 저와 제 소송에 관해 알고 계신 건가요?"

변호사는 미소를 지으며 답했다.

"아, 이제야 알겠군요. 나는 변호사예요. 법원 사람들과 접촉할 일이 많지요. 거기서는 소송에 대한 여러 이야기를 하곤 하는데, 특히 주목을 끄는 소송이거나 친구의 조카에 관한 소송이라면 당연히 기억에 남게 되지요. 그것은 조금도 이상한 일이 아닙니다."

변호사의 집에서 만난 또 다른 의뢰인 블로크도, 우연히 들어간 성당에서 만난 생전 처음 본 신부도 요제프 K를 알아본다. 이쯤 되면 조지 오웰의 소설《1984》에 등장했던 빅 브라더라도 있는 건 아닌지 의심스럽다. 요제프 K는 조금이라도 도움이 될까 싶어 자신이 소송 중이라는 사실을 알고 있는 그들에게 법원에 대한 정보를 얻어내려고 노력한다. 그러나 법원에 대해 알아갈수록 점점 자신의 무죄에 대한 확신이 없어진다. 만나는 사람마다 자신이 알고 있는 바를 말해주지만, 정작 요제프 K의 죄목은 아무도 모른다. 심지어 변호사조차도. 그런데도 사람들은 하나같이 요제프 K가 무죄로 풀려나지는 못할 것이라고 말한다.

3. 일상을 침해하는 법원

요제프 K는 체포되었음에도 불구하고 은행에 출근한다. 감독관은 그에게 일상생활에 큰 지장이 없을 거라고 했고, 실제로 그는 은행 일을 하면서 여러 사람을 만나 자신의 재판에 도움이 될 만한 정보들을 찾아다닐 수 있었다.

그러나 감시와 처벌은 곳곳에 도사리고 있었다. 어느 날 요제프 K는 업무를 마치고 은행 사무실에서 나와 복도를 지나가다 웬 신음 소리가 들리는 창고 문을 우연히 열었다. 그런데 그곳에서, 자신을 체포하러 왔었던 프란츠와 빌렘이 태형을 당하고 있었다. 요제프 K를 체포하면서 쓸데없는 기밀을 발설했다는 이유 때문이었다. 그 기밀이라는 것은, 법원이 피의자의 옷가지 등을 가져가 돌려주지 않는다는 것이었다. 이는 요제프 K가 자신의 첫 심리• 때 예심판사 앞에서 자신의 무죄를 주장하면서 언급했던 이야기다. 자신의 발언 때문에 프란츠와 빌렘이 태형을 당하고 있다고 생각하니 죄책감이 들어 그들을 도와주고 싶었지만, 요제프 K에게는 아무 힘도 없었다.

자기 때문에 창고에서 두 남자가 태형을 당하고 있고, 거기다 자신은 소송을 해결하기 위해 법원 사무처, 변호사의 집, 대성당을 돌아다녀야 하며, 화가도 만나야 한다. 일상생활에 지장이 없을 거라는 감독관의 말과 달리, 요제프 K는 소송 준비 때문에 은행 업무에 집중할 수가 없었다. 법원이라는 공적 기관이 사적 생활을 침해하고 있는 실정이었다.

소설 속에서 묘사되는 법원의 모습은 우리가 흔히 알고 있는 것과는 다르다. 처음 심리를 받으러 간 법원은 평소에는 가정집으로 쓰이는 곳이다. 그러다가 심리가 있는 날에만 법원으로 사용된다. 법원에서 일하는 화가인 티토렐리의 방도 그 안에 속해 있어 침실

• **심리**(審理) 재판의 기초가 되는 사실관계 및 법률관계를 명확히 하기 위해 법원이 증거나 방법 따위를 심사하는 행위.

을 나서면 곧장 법원 복도가 나온다. 티토렐리가 "모든 것은 법원에 속해 있습니다."라고 말하자 요제프 K가 "그건 미처 몰랐군요."라고 대답하는데, 이는 법원이 모든 것을 통제하고 감시한다는 말과도 같다.

서른한 번째 생일 전날 밤, 두 남자가 요제프 K를 처형하러 갔는데, 이때도 법원은 그에게 미리 통보하지 않는다. 하지만 요제프 K는 검은 옷을 입고 손님을 기다리듯 두 사람을 맞이한다.

《소송》에서 법은 어떤 의미일까? 연구자들은 이를 다양하게 해석하는데, 당시 오스트리아 - 헝가리 이중 제국에 존재했던 실정법을 의미한다고 보는 견해도 있다. 당시에는 근대적 법체계가 도입되어 태형 같은 처벌은 폐지되었으나, 여전히 전근대적인 관행이 만연해 있었다고 한다. 소설 속 프란츠와 빌렘이 은행 지하 창고에서 태형을 당하는 장면이 바로 전근대적인 관행에 해당하는 것으로 볼 수 있다.

혹은 법을 '인간을 억압하는 절대 권력'이라고 해석하기도 한다. 이러한 법은 개인의 자유와는 상관없이 무조건 복종해야 하는 것이다. 그것은 눈에 보이지 않는 거대한 권력으로, 개인의 복잡한 내면을 심판하고 판단하며 일상까지 지배한다. 요제프 K는 법원에 갈 때마다 숨을 제대로 쉬지 못하면서 길을 잃는데, 마치 미로 속에 갇힌 사람처럼 출구를 찾지 못하고 헤맨다. 절대 권력 앞에 무력해지는 나약한 개인의 모습처럼 말이다.

요제프 K에게 법은 존재할까? 그는 체포되기는 했지만 어떤 범죄를 저질렀는지, 누가 소송을 했는지, 심리가 몇 시에 시작되는지 알지 못하고 알 방법도 없다. 게다가 조금씩 밝혀지는 법원의 실상은 실망스럽기만 하다. 예심판사의 책상 위에는 법전 대신 외설스러운 그림이 그려진 책이 놓여 있다. 거기에 판사들이 화가 티토렐리에게 부탁한 자화상은 법원에 대한 풍자를 더 노골적으로 드러낸다. 정의의 여신과 승리의 여신을 하나로 합쳐놓은 자화상이다. 요제프 K는 이 자화상을 보고 이렇게 말한다.

요제프 K가 웃으며 말했다.
"결코 좋은 조합이 아니군요. 정의의 여신은 가만히 있어야 합니다. 그렇지 않으면 저울이 흔들리고 그러면 공정한 판결을 내릴 수가 없으니까요."
그러자 화가가 말했다.
"저야 그저 주문한 사람이 원한 대로 따를 뿐이지요."

법원은 법을 적용하는 곳이고, 그 법은 사회 구성원 모두에게 평등해야만 한다. 그런데 법원은 타락하고 병들었으며, 허영심으로 가득 차 있다.

끝까지 요제프 K가 무엇을 잘못했는지는 밝혀지지 않은 채, 결국 그는 칼에 찔려 개처럼 처형당한다. 자신의 무죄를 입증하기 위해 법원의 말단 관리인, 법원 판사들을 위해 그림을 그려주는 화가, 변호사, 성직자 등을 만나 고군분투했으나 아무 소용이 없었다. 요제프 K에게 법은 존재하지 않았다.

4. 요제프 K는 죄가 없을까

은행장의 부탁으로 요제프 K는 한 이탈리아인의 가이드를 맡게 된다. 대성당에서 은행 고객인 그를 만나기로 했는데, 나타나지 않아 성당 안에서 기다리기로 한다. 성당으로 들어가자 한 신부가 요제프 K를 부른다. 교도소 신부인 그는 요제프 K가 고소당한 사실을 알고 있다면서 자신이 성당으로 오게 했다고 말한다.

"안 좋은 결말로 끝나게 되지 않을까 걱정입니다. 저들은 당신에게 죄가 있다고 생각하고 있어요. 당신의 소송은 아마 하급 법원을 벗어날 수는 없을 겁니다. 적어도 현재 상황에서 저들은 당신의 죄가 입증됐다고 생각하고 있어요."

"하지만 저는 죄가 없습니다. 무언가 잘못되었습니다. 도대체 인간이라는 사실 자체가 어떻게 죄가 될 수 있죠? 이 땅에서 우리는 모두 인간입니다."

"그것은 맞는 말입니다."

요제프 K는 원죄* 때문에 체포된 것인가? 아니다. 인간의 원죄 때문이라면 모든 인간이 체포되었어야 한다. 이를 이야기하자 신부 역시 동조한다. 그러면서 "판결이란 어떤 때에 한 번에 내려지는 것이 아니라 소송이 서서히 판결로 진행되는 것"이라고 말한다. 요제프 K가 사건과 관련해 다른 사람들에게 도움을 더 구해볼 생각이라고 하자 "당신은 소송에 관련해서 남의 도움을 너무 많이 구하네요. 특히 여자들한테서요. 그것이 진정한 도움이 될 수 없다는 걸 아직도 깨닫지 못했나요?"라고 질책한다.

이 지적은 타당하다. 요제프 K는 만나는 여자들에게 늘 추근거렸다. 먼저 자신이 체포될 때 법원 감독관이 뷔르스트너 양의 방을 무단 침입하여 심문실로 사용한 것에 대해 사과하면서 그녀의 얼굴과 목에 키스를 퍼붓는다. 첫 심리가 있었던 법정에 다시 찾아갔을 때는 법원 직원의 아내를 만나게 되는데, 이때도 그녀의 추파를 즐긴다. 또 변호사의 집에 가서는 그의 가정부인 레니에게 한눈을 팔다가 숙부의 화를 돋운다.

게다가 제조업자가 소개해 준 화가, 변호사 집에서 만난 장사꾼 블로크 등 수많은 사람에게 도움을 구하지만 제대로 된 도움은 받지 못한다. 신부의 지적대로 요제프 K는 문제의 핵심을 이해하지 못하고 너무 많은 사람에게 도움을 구하고 있었다.

* **원죄**(原罪) 인류의 시조인 아담과 이브가 선악과를 따 먹은 죄 때문에 모든 인간이 날 때부터 가지고 있다는 죄.

요제프 K가 여자들에게 추근거리는 것은 그의 소송 해결에 아무런 도움이 되지 않는다. 단지 자신의 본능을 충족하면서 법원과의 싸움으로부터 회피하려는 행동에 불과하다. 또 많은 사람에게 도움을 구하는 것도 그다지 도움이 되지 않는다. 왜냐하면 누구도 요제프 K가 어떤 죄를 지었는지 모르기 때문이다. 그리고 요제프 K는 어떤 죄인지도 모르면서 자신은 죄가 없다고 주장한다. 따라서 문제의 본질은 죄의 유무가 아닐지도 모른다.

신부는 요제프 K에게 "당신은 법원과 관련해서 자신을 기만하고 있습니다."라고 말하면서 한 이야기를 들려준다. 이 이야기는 카프카가 《소송》과는 별개로 '법 앞에서'라는 제목을 붙여 1919년 단편집 《시골 의사》에 수록하기도 했다.

> 시골에서 온 한 남자가 법 앞의 문지기에게 와서 법 안으로 들여보내달라고 부탁한다. 그러나 문지기는 지금은 그를 들여보낼 수 없다고 말한다. 그가 문지기에게 그럼 나중에는 들어갈 수 있냐고 묻자, 문지기는 그럴 수 있다고 대답한다. 법으로 들어가는 문은 언제나 열려 있어 시골 남자는 그 안을 들여다보았다. 그러자 문지기가 안에는 점점 더 힘이 센 문지기가 지키고 있다고 말한다. 시골 남자는 몇 날 몇 해를 그렇게 앉아 들어가기를 허락받고자 많은 시도를 한다. 부탁도 하고, 이런저런 질문도 하고, 값나가는 물건을 주기도 한다. 그러나 문지기는 아직은 그를 들여보낼 수 없다는 말만 되풀이한다.

세월이 흘러 몸이 뻣뻣하게 굳어가면서 죽음을 앞둔 시골 남자는 문지기에게 새로운 질문을 한다. 모든 사람이 법에 이르고자 노력할 텐데, 왜 그동안 자신 말고는 아무도 입장을 요구하는 사람이 없었냐는 것이다. 그러자 문지기는 여기는 다른 누구도 들어갈 수 없었다며, 오직 시골 남자만을 위한 것이었다고 말한다. 그리고 이제 그 입구를 닫아야겠다고 말한다.

시골 남자는 왜 법 안으로 들어가려고 하는 걸까? 처음부터 질문이 잘못된 것은 아니었을까? 시골 남자는 법이란 누구에게나, 언제든지 열려 있는 것이므로 당연히 들어갈 수 있다고 생각한다. 그러나 문지기는 '지금은' 들어갈 수 없다는 말만 되풀이한다. 지금은 들어갈 수 없다면 나중에는 들어갈 수 있다는 말인가?

출입이 제지되자 시골 남자는 그 앞에서 허락이 떨어질 때까지 하염없이 기다린다. 물론 여러 시도가 있었으나, 법 안으로 들어가기 위한 적합한 행동은 아니었다. 그러다 죽기 직전에야 정확한 질문을 한다. 그러나 이미 너무 늦어버렸다.

시골 남자는 법 안에 무엇이 있는지, 왜 들어가려고 하는지 알지 못한다. 시골 남자는 법 앞에서 문지기의 모든 것을 관찰하고 연구하지만, 정작 자기 자신에 대해서는 고민하지 못한다. 핵심에는 도달하지 못하고 주변만 맴돌고 있다. 시골 남자는 새로운 세계에 도달하려고 하지만, 그것은 헛된 노력일 뿐이다. 그래서 영원히 법 안에, 진리에 도달하지 못하게 된다.

신부는 왜 이 이야기를 들려주었을까? 시골 남자의 시행착오를 통해 요제프 K가 자신의 상황과 처지를 깨닫기를 바랐기 때문이 아니었을까? 시골 남자가 법 안으로 들어가기 위해 문지기에 애원했듯이, 요제프 K가 여러 사람을 만나 조언을 구하는 것은 부질없는 일이다. 그렇게 본질(핵심)을 꿰뚫지 못하고 주변만 건드리다가는 결국 시골 남자가 법 안으로 들어가지 못하고 죽었듯이 요제프 K 역시 영원히 자신의 죄를 알지 못한 채 처형을 당할 수도 있다는, 예언이자 암시 같은 이야기인 것이다.

5. 끝이 없는 소설

체포된 지 1년이 지나 요제프 K의 서른한 번째 생일 전날 저녁, 두 명의 남자가 요제프 K를 연행한다. 두 사람은 그의 양팔을 끼고 변두리 채석장으로 끌고 간다. 요제프 K는 채석장으로 끌려가면서 스스로에게 이렇게 말한다.

'지금 내가 할 수 있는 단 한 가지는, 차분하게 시리 분별할 수 있도록 이성을 끝까지 유지하는 거야. 나는 늘 스무 개의 손으로 세상에 뛰어들고자 했으나, 그것은 그다지 합당하지 않은 목적 때문에 그렇게 한 것이었어. 그게 잘못된 것이었지. 일 년에 걸친 소송조차 나에게 아무런 가르침을 주지 못했다는 것을 이제 사람들에게 보여주어야 하나? 정말 멍청한 인간이라는 이미지만 남긴 채 이 세상을 떠나야 하는 걸까? 소송이 시작될 때 그것을 끝내려고 했고, 지금 소송이 끝나가고 있는데 소송을 다시 시작하려 한다면……. 이 모든 이야기가 세상 사람들의 입방아에 오를 텐데 괜찮을까? 나는 세상 사람들이 그렇게 말하는 걸 원치 않아.'

요제프 K는 죄가 없다고 생각하면서 왜 처형을 받아들일까? 1년에 걸친 소송은 요제프 K에게 아무런 가르침을 주지 못했다. 소송은 형체도 없고 실체도 없는 소문 같다. 소송을 다시 시작하면 다시 세상 사람들의 입방아에 오르내려야 할 것이다. 아무 의미도 없는 일이다. 출구를 찾을 수 없는 미로처럼 끝없이 반복될 일이다. 그래서 처형을 받아들인다. 즉, 그가 처형을 받아들인 이유는 법 혹은 자신에 대한 무력감 때문이다.

요제프 K의 시선은 채석장 가까이에 있는 건물 꼭대기 층에 가닿았다. 불빛이 번쩍이는 것처럼 창문 양쪽 문이 활짝 열리고, 너무 멀리, 높은 곳에 있어서 연약하고 야위어 보이는 어떤 사람이 앞으로 몸을 쑥 내밀고는 양팔을 앞으로 쭉 내뻗었다. 누구일까? 친구일까? 좋은 사람일까? 나와 관련된 사람일까? 나를 도와주려는 사람일까? 한 사람일까? 아니면 여러 사람일까? 아직 나에게 희망이 있는 것일까? 혹시 생각해 내지 못한 반대 변론이라도 있는 걸까? 틀림없이 그런 것이 있을 것이다. 아무리 확실한 논리라고 해도 살고자 하는 의지가 있는 사람을 당하지는 못하는 법이다. 소송 내내 그가 한 번도 보지 못한 판사는 어디에 있는 것일까? 그가 아직 이르지 못한 상급 법원은 어디에 있는 것일까? 그는 두 손을 위로 쳐들고 손가락을 쫙 펼쳤다.

〈법 앞에서〉의 시골 남자가 죽기 전 법의 문에서 흘러나오는 광채를 본 것처럼 요제프 K도 어떤 사람의 형상을 본다. 그는 끝까지 살아보려고 했으나, 그것의 실체를 확인하지는 못하고 죽음을 맞는다. 앞을 향해 두 손을 쳐들고 손가락을 펼치는 모습은 마치 신의 구원을 바라는 순교자와 같다. 그러나 두 사람은 요제프 K의 심장을 찌르고는 최종 판결을 지켜본다. 요제프 K는 마지막으로 "개 같군!"이라고 말하며, 죽은 뒤에도 치욕은 남아 있을 것 같다고 느낀다.

자신의 무죄를 입증하기 위해 법원 주위를 헤매다가 결국 죽게 된 요제프 K, 이 소설을 다 읽어도 그의 죄를 알 수 없는 독자, 끝까지 소설을 쓰지 못한 카프카, 끝내 완성되지 못한 소설. 이 모든 것은 서로 연결되어 끝을 알 수 없는 뫼비우스의 띠 같다.

이 소설을 읽고 나면 '카프카적인'이라는 말의 의미를 이해하게 된다. 기괴하고 불편하며 불안한 이야기. 누구나 요제프 K와 같은 일을 쉬을 수 있시만, 모호하고 불편하고 우울한 이 소설은 분명 비현실적이다. 비현실적이지만 현실을 직시하는 '카프카적인' 이야기다. 그래서 이 작품은 오늘날의 현실에서도 충분히 개연성을 가질 수 있으며, 그래서 요제프 K가 느꼈을 공포가 더 사실적으로 다가온다.

시골 의사

Ein Landarzt, 1919

심한 눈보라가 휘몰아치는 밤, 시골 의사인 '나'는 10마일 정도 떨어진 마을에 중환자가 있다는 연락을 받고 왕진을 떠날 채비를 하고 있다. 마차를 타고 가려고 했지만, 마차를 끌 말이 없다. 혹한의 겨울에 과로한 나머지 지난밤에 죽어버렸기 때문이다. 하녀가 마을 여기저기를 수소문하며 말을 빌리려고 했지만, 빌릴 수 없어 낙담한다. 어쩔 도리가 없던 '나'는 몇 년 전부터 사용하지 않던 돼지우리를 발로 찬다. 그때 갑자기 돼지우리에서 마부와 말이 나온다. 마부는 자기가 말을 빌려주겠다고 하면서 하녀를 희롱하는데, 도움을 받아야 할 처지에 놓인 '나'는 마부에게 제대로 항의도 하지 못한다. '나'는 결국 마부에게 말을 빌려 환자의 집에 도착한다.

병을 앓고 있던 소년은 '나'에게만 들리는 목소리로 자신을 죽게 내버려 달라고 애원한다. 그런데 밖에 묶여 있어야 할 말 두 마리가 창문을 통해 이 장면을 지켜보고 있다. 집에 혼자 남겨진 하녀로자에 대한 걱정, 환자의 부탁, 그리고 방 안을 들여다보는 말들 때문에 '나'는 혼란스럽다. 또 언제부터 돼지우리에 있었는지 모를 마부도 쫓아내야 하는데, 한편으로는 그 마부가 없어지면 왕진을 다닐 수 없다는 생각도 든다. 결국 '나'는 이러지도 저러지도 못하는 상황이다.

그러다가 소년의 상처를 발견하게 된다. 소년의 옆구리 쪽 손바닥만 한 상처에는 벌레가 우글거린다. '나'가 그 상처를 보고 있는데, 소년이 "저를 구해주실 거죠?"라고 묻는다. 그러나 이미 손쓰기 어려운 상처라 가망이 없어 보인다. 그렇지만 '나'는 환자에게 상처가 심각하지 않다고 말한다. 그러고는 외투도 입지 못한 채 부리나케 환자의 집에서 도망치듯 빠져나온다. '나'는 빨리 집으로 돌아가고 싶었으나, 바람과는 달리 마차는 천천히 달린다. '나'는 결코 집으로 돌아가지 못할 것임을 예감한다.

1. <시골 의사>의 모티프와 의미

이 소설의 모티프가 되었다고 알려진 카프카의 외삼촌 지크프리트 뢰비(1867~1942)는 실제로 시골 의사였다. 그는 어머니의 둘째 이복동생으로, 체코 동부의 한 소도시에 살았다. 카프카는 친가 친척보다는 외가 친척을 더 따랐는데, 특히 지크프리트 외삼촌을 좋아했다고 한다.

간단히 말하면, 저는 카프카 가문의 몸에 뢰비(카프카 어머니의 성) 가문의 피가 흐르는 사람입니다. 저의 행동은 카프카적인 생활욕, 사업욕, 정복욕 때문이 아니라 뢰비적인 자극 때문인 것 같습니다. (중략) 강인한 체력, 건강 상태, 식욕, 목소리 크기, 웅변의 재능, 자기만족의 정도, 세상을 내려다보는 태도, 인내력, 침착성, 세태에 밝은 태도 등 그 어떤 것으로 보아도 아버지는 바로 카프카 가문에 어울리는 사람입니다.

〈아버지에게 드리는 편지〉에도 썼듯이, 카프카는 자신의 성향이 친가 쪽보다는 외가 쪽의 영향을 더 많이 받았다고 생각하며 살았다. 외가 사람 중에서도 지크프리트 외삼촌은 자유로운 괴짜의 모습을 지니고 있었는데, 그는 카프카가 어려움에 처했을 때 손을 내밀기도 했다.

그래서 사람들은 실제 의사였으며 종종 카프카와 함께 지내기도 했던 지크프리트가 〈시골 의사〉의 모티프가 되었을 것으로 추측한다. 하지만 이 소설은 지크프리트의 의사 생활과는 아무 관련이 없다. 주인공이 의사일 뿐, '시골 의사'라는 인물을 통해 카프카가 작가로서 자신의 모습과 고민을 비유적으로 담아낸 작품이기 때문이다.

카프카는 이 작품을 꽤 마음에 들어 했다고 한다. 막스 브로트에게 자신의 작품들을 불태워 달라는 유언을 남겼을 때, 이 작품은 그 목록에 포함되지 않았다. 또 그는 단편집을 발간하기 위해 출판사에 보낸 편지에서 '시골 의사'를 책 제목으로 해달라고 제안하기도 했다.

> 새 책 제목으로 제가 제안하려는 것은 '시골 의사'이고, 부제는 '짧은 이야기들'입니다. 제가 생각하는 글의 순서는 대략 다음과 같습니다.

① 신임 변호사	② 시골 의사
③ 두레박 타는 사람	④ 전시장에서
⑤ 옛 원고	⑥ 법 앞에서
⑦ 자칼과 아랍인	⑧ 광산의 방문객
⑨ 이웃 마을	⑩ 황제의 밀사
⑪ 가장의 근심	⑫ 열한 명의 아들
⑬ 형제 살해	⑭ 한바탕의 꿈
⑮ 학술원에 드리는 보고	

〈시골 의사〉는 카프카가 자신의 소설집 제목으로 뽑을 정도로 애착을 가진 작품이었다. 1917년 9월 25일에 쓴 일기에서도 "나는 〈시골 의사〉를 쓸 때의 만족감을 아직도 잊지 못한다."라며 〈시골 의사〉에 대한 감회를 적어놓았다. 카프카는 아마도 이 작품이 문학을 대하는 자신의 고민과 심정을 가장 만족스럽게 표현했다고

생각한 듯싶다.

2. 시골 의사의 이중성

시골 의사인 '나'는 어떤 사람일까? '나'는 맡은 일에 최선을 다하고 남에게 잘 베푸는 성격으로, 가난한 사람들에게 도움을 주고자 여러 마을을 돌아다니며 환자를 보살핀다. 혹한의 겨울에 여러 마을로 왕진을 다니느라 말이 과로로 죽을 정도로 열심히 환자를 찾아다니는 의사이다.

> 나는 세상을 더 좋게 고치려는 사람이 아니므로, 아픈 소년을 그냥 누워 있게 한다. 나는 그저 군청에 고용된 의사인데, 너무 지나치다 싶을 정도로 지극하게 내 의무를 다하고 있다. 보수는 좋지 않지만, 나는 남에게 잘 베푸는 사람이므로 언제라도 가난한 사람들에게 도움을 주고자 노력한다.

'나'는 스스로를 이렇게 생각한다. 그런데 다른 사람들은 그와 같이 생각하지 않은 듯하다. 말이 죽어버려 왕진을 갈 수 없게 된 '나'가 마을 사람들에게 말을 빌리려 했을 때, 누구도 선뜻 빌려주지 않았기 때문이다. '나'는 자신이 선의를 가지고 최선을 다하는 의사라고 여기지만, 마을 사람들은 '나'를 그 정도로 신뢰하지는 않은 것 같다.

게다가 '나'는 휘몰아치는 눈보라를 뚫고 환자가 있는 마을에 도착하기는 했으나, 집에 두고 온 하녀 로자가 걱정되어 환자를 제대로 치료하지 않고 돌아갈 생각만 한다. 처음에는 소년이 꾀병을 부린다고 생각해서 그랬을 수 있겠지만, 소년의 부상이 심각하다는 것을 알고 난 뒤에도 '나'는 환자를 치료하기보다는 별것 아니라고 말하며 환자를 안심시키고 집으로 돌아가기에 급급했다. '나'가 지금 돌봐야 하는 사람은 앞에 누워 있는 환자인데, 집에 남겨진 로자가 걱정되어 도망치듯 빠져나온 것이다. 이로 볼 때, '나'는 스스로 생각하는 것과는 달리 무책임하고 윤리 의식이 부족한 사람이라 추측할 수 있다.

3. 초현실적 인물, 마부

마을 사람들에게 말을 빌리지 못한 '나'가 답답한 마음에 돼지우리를 발로 차자 갑자기 마부와 말 두 필이 등장한다. 그리고 '나'가 마부에게 말을 빌려 타자 장면이 전환되듯 눈 깜짝할 사이에 환자가 있는 마을에 도착한다. 이런 장면 때문에 혹자는 이 소설을 환상소설이나 꿈속 이야기로 보기도 한다.

여기에는 누구도 예상하지 못한 놀라운 일들이 벌어지고는 하는데, 깊은 절망에 빠진 사람도 그 일을 인정해야만 한다. 경험으로 미루어 볼 때, 무(無)에서도 무엇인가가 나올 수 있다. 무너진 마구간에서 마부가 말들을 데리고 나올 수도 있다.

카프카가 쓴 1922년 1월 27일의 일기다. 짐가방은 다 찌그러지고 탁자는 불안하게 흔들거리며 불빛은 희미하여 제대로 쉴 수 없는 열악한 호텔 방에서 쓴 것이다. 불운하고 혼란스러운 상황에서, 카프카는 무(無)에서도 무엇인가가 나올 수 있다고 믿는다. 무너진 마구간에서 마부가 말들을 데리고 나올 수 있는 것처럼 말이다.

이 일기에 비추어 〈시골 의사〉에 등장하는 마부와 말의 의미를 생각해 볼 수 있다. 이리저리 지나치게 왕진을 다닌 탓에 '나'가 타고 다니던 말이 과로로 죽었다. 그래서 '나'는 더 이상 진료를 다닐 수 없는 상황이 된다. 이런 절망적인 상황에서 '나'는 오랫동안 쓰지 않던 마구간을 발로 찼는데, 놀랍게도 무너진 마구간에서 마부가 말 두 마리를 데리고 나온다.

'그래, 이런 일은 신들이 도우시는 거지. 말이 없으니까 말을 보내주시면서, 혹시 모르니까 한 마리를 더 보내주신 거야. 거기다가 덤으로 마부까지 보내주시다니!'

'나'는 자신이 환자들을 위해 애쓰고 있는 것을 신들이 기특하게 여겨 말과 마부를 보내준 것이라고 생각한다. 그러나 그 대가는 무거웠다. 말을 얻어 환자를 치료하러 갈 수 있게 된 대신, 집안일을 돌봐주던 로자를 마부에게 빼앗기고 말았기 때문이다.

4. 현실과 이상

'나'는 환자를 치료하기 위해 로자를 남겨두고 환자의 집으로 향한다. 그러나 환자와 마주해서도 로자를 마부에게 뺏길지도 모른다는 불안감 때문에 제대로 진료를 할 수가 없었다. 게다가 그 환자는 상처가 너무 깊어 살려낼 방법도 없었다. 그런데도 사람들은 '나'에게 환자를 살려내라고 야단이었다.

> 그의 옷을 벗겨라. 그러면 그가 치료할 것이다.
> 그가 치료하지 않으면, 그를 죽여라!
> 그는 그저 의사일 뿐, 의사일 뿐이다.

'나'가 환자를 살피고 있을 때, 마을 사람들은 옆에서 이런 노래를 부른다. 그리고 환자의 가족들은 실제로 '나'의 외투를 벗긴다. 게다가 그들은 '나'를 거의 감금하다시피 했으며, 환자 옆에 나란히 누워 돌보게 했다. 환자인 소년이 "저를 구해 주실 거죠?"라고 묻자, '나'는 속으로 그럴 수 없을 거라고 생각하면서도 상처가 그리 심한 것이 아니라고 말해버린다.

의사인 '나'는 환자를 살리기보다는 자신을 구원하는 쪽을 택한 것이다. 그렇게 '나'는 치료할 필요가 없다는 말로 책임을 회피하고는 도망치듯 환자의 집을 빠져나온다.

기뻐하라, 환자들이여!

의사가 그대들의 침대에 누웠다!

그때 '나'의 귀에 아이들의 노랫소리가 들려온다. 환자들 곁에는 늘 의사가 함께할 것이며, 그 의사가 아픈 사람들을 치료해 줄 것이라는 바람을 담은 노래이다. 그러나 '나'는 사람들의 당연한 바람과는 달리, 환자를 속이고 버려둔 채 자신의 욕망을 좇아 집으로 향한다.

그런데 '나'가 환자의 집으로 올 때 순식간에 도착한 것과는 달리, 돌아갈 때는 상황이 완전히 다르다. 말들이 느릿느릿 마차를 몰아간다. 느리게 가는 마차 안에서 '나'는 결코 집으로 돌아가지 못할 것임을 예감한다.

나의 집에서는 그 역겨운 마부가 미쳐 날뛰고 있고, 로자는 그의 제물로 잡혀 있다. 나는 그 일을 깊이 생각하고 싶지 않다. 벌거벗은 채로 가장 불행한 시대의 강추위에 노출된 채, 늙은이에 불과한 나는 이 지상의 마차와 이 지상의 것이 아닌 말들과 더불어 정처 없이 떠돌고 있다. 나의 모피 외투가 마차 뒤에 매달려 있지만, 내 손은 거기에 닿지 않는다.

말 두 마리를 빌리는 대가로 집에 혼자 두고 온 로자는 마부의 제물이 되어 있다. '나'는 로자에 대한 죄책감으로 괴롭다. 거기다 도망치듯 나오느라 외투도 입지 못한 채 혹한 속에서 집으로 돌아가는 마차 위에 앉아 있으니 마음이 바쁘다. 한시바삐 집으로 돌아가야 하는데, 마차는 '나'의 마음도 모른 채 천천히 굴러간다.

내가 의사를 찾은 것은 매우 잘한 일이었네. 그리고 자네(막스 브로트)가 없었다면 그렇게 못 했을 거야. 그런데 자네는 거기서 내가 경솔하다고 말했지. 하지만 그 반대라네. 나는 오히려 너무도 계산적인 사람이지. 이런 사람들의 운명은《성서》가 미리 알려주고 있지 않은가. 그렇다고 내가 불평하는 것은 아니라네. 오늘은 어제보다도 덜해. 또한 나 자신도 그것을 예감했지. 자네 기억하는가,〈시골 의사〉에 나오는 피 흐르는 상처를? 오늘은 펠리체 바우어에게 편지가 왔네. 조용하고, 우정이 가득하고, 원망이 전혀 없이, 내가 꾸었던 내 최고의 꿈에서 보았던 그 모습 그대로. 이제는 그녀에게 편지 쓰기가 어렵다네.

카프카가 1917년 9월 5일에 막스 브로트에게 보낸 편지다. 카프카는 브로트의 권유로 의사에게 진료를 보고 나서 폐결핵 진단을 받게 되었는데, 그에 대한 고마움과 당부의 이야기를 담고 있다. 또 부모님께 발병 사실을 숨겨달라는 부탁과 펠리체 바우어와의 교제를 그만두어야겠다는 심정을 전하고 있다.

그 당시 폐결핵은 치사율이 높은 심각한 병이었기 때문에, 카프카는 폐결핵이라는 진단을 받고 여러 가지 생각이 들었을 것이다. 이때 〈시골 의사〉에 등장하는 소년의 상처를 떠올렸을지도 모르겠다. 더 이상 치료할 방법이 없는, 결국은 소년을 죽음으로 몰고 갈 장밋빛 상처를…….

어쩌면 카프카는 이 소설을 쓰면서 이미 알았을지도 모른다. 자신도 소년처럼 파멸을 맞을 수 있고, 이러지도 저러지도 못하는 시골 의사처럼 가족의 요구와 문학적 소명 사이에서 방황하다 쓰러져 갈 수도 있다는 사실을 말이다.

학술원에 드리는 보고

Ein Bericht für eine Akademie, 1919

아프리카의 황금해변에서 잡혀 온 원숭이 '빨간페터'는 5년간 인간 세상에서 어떻게 살아왔는지에 대해서 학술원에 보고한다. 빨간페터는 인간의 언어를 배워 사용할 줄 알기 때문에 인간의 말로 자신이 어떻게 인간 세계에 속하게 되었는지를 이야기한다. 학자들은 과연 빨간페터를 통해 무엇을 연구하고자 하는 것일까?

1. 탈출구를 찾기 위한 도전

빨간페터는 아프리카의 황금해변에서 살던 원숭이였는데, 어느 날 영역을 침범한 인간들이 쏜 총 두 발을 맞게 된다. 한 발은 뺨에, 나머지 한 발은 허리 아래쪽에 맞았다. 뺨에 맞은 총알 때문에 빨간 흉터가 생기게 되었고, 허리 아래쪽에 맞은 총알 때문에 다리를 약간 절게 되었다. 그 흉터 때문에 '빨간페터'라는 이름이 붙었는데, 정작 그는 이 이름을 싫어한다.

총에 맞은 빨간페터는 하겐베크 회사의 증기선에 갇히게 된다. 멍하니 흐느껴 울기, 고통스럽게 벼룩 찾기, 피곤에 지친 상태로 코코넛 핥기, 머리로 상자 벽을 시험 삼아 두들기기, 누군가 접근하면 혀를 드러내 보이기……. 증기선에 갇힌 빨간페터가 할 수 있는 일이란 이런 것들뿐이었다.

빨간페터는 배에 갇혀 있으면서 출구가 없다는 사실을 깨닫고, 그 상황에서 벗어나기 위해 인간이 되기로 마음먹는다. 인간이 되기 위해 빨간페터가 생각한 방법은 인간의 행동을 관찰하고 흉내 내는 것이었다. 침 뱉기, 파이프 담배 피우기, 코르크 마개를 뽑아 술 마시기, 그리고 인간의 말 하기……. 그 결과, 원숭이 빨간페터는 유럽인의 평균 교양 수준에 도달한다.

지식인들이 모인 학술원에서는 빨간페터에게 보고서를 요청한다. 원숭이였던 그가 어떤 경로로 인간 세계에 진입해 정착하게 되었는지에 관한 보고서이다. 빨간페터는 자신의 사례를 준비하여 발표한다.

> 저에게는 출구가 없었습니다. 그래서 저는 출구를 찾아야 했습니다. 출구 없이는 살 수가 없으니까요. 계속 그 상자의 벽에 붙어 있어야 한다면, 저는 어쩔 수 없이 비참하게 죽고 말았을 겁니다. (중략) 그래서 저는 더 이상 원숭이로 머물러 있을 수 없었습니다. 저는 확실하고

멋진 생각을 하나 해냈는데, 그 생각은 저의 배에서 나온 것입니다. 왜냐하면 원숭이는 배로 생각을 하는 동물이니까요.

빨간페터는 멋진 생각을 '배'로 했다고 말한다. 배로 하는 생각이란 머리로 하는 이성적 사고와 대비되는 말로, 인간적 차원이 아니라 동물적 수준에서 할 수 있는 '본능적이고 즉각적인 반응' 정도로 볼 수 있을 듯하다. 그렇게 빨간페터가 배로 생각해 낸 방법은 갇혀 지낼 필요가 없는 존재, 즉 탈출이 필요 없는 존재가 되는 것이었다.

그러기 위해서 빨간페터는 인간을 모방하면서 하나하나 배워가야 했다. 그 시작은 차분하고 자세하게 사람들을 관찰하고 그것을 흉내 내는 것이었다. 침을 뱉는 것은 불과 며칠 만에 따라 했고, 파이프 담배도 피울 수 있게 되었다. 빨간페터가 파이프 담뱃대에 엄지손가락을 밀어 넣자 구경하던 선원들은 환호성을 지른다. 인간의 행동을 따라 하는 원숭이가 신기했기 때문이다. 심지어 사람들은 빨간페터에게 술 마시는 방법을 알려주기도 했다. 원숭이는 인간을 관찰하여 그대로 따라 하고, 그 모습을 보는 인간은 환호하고 신기해한다. 고작 침 뱉고, 담배 피우고, 술 마시는 단순한 행동을 따라 하는 것에 열광하는 것이다.

빨간페터의 이런 행위는 출구를 위한 것이었다. 인간의 행동을 흉내 내면 창살로 된 우리에서 빠져나올 수 있다고 생각했기 때문이다. 하지만 흉내 내고 배운다는 것은 인간 세계에 길들여진다는 것이기도 하다. 아프리카 황금해변에서 빨간페터는 누구보다 자유로운 존재였고, 출구 없는 삶은 생각해 본 적도 없었다. 그런데 이제는 빨간페터의 자유를 빼앗은 인간과 비슷해져야 비로소 출구라도 얻게 되는 아이러니한 상황에 놓인 것이었다.

> 제가 말한 출구라는 의미를 여러분이 정확히 이해하지 못할까 봐 조금 걱정이 됩니다. 저는 가장 평범하면서도 통상적인 의미로 이 말을 사용합니다. 저는 일부러 자유라는 말을 쓰지 않았습니다. 제가 말하는 것은 사방으로 통하는 자유라는 그 위대한 감정을 의미하는 것이 아닙니다. 그것은 제가 원숭이 시절에나 알았던 감정인 것 같고, 저는 그런 감정을 동경하는 사람들을 알게 되었습니다. 그러나 저는 예전이나 지금이나 그러한 자유를 갈망하지 않습니다. 그리고 말이 나온 김에 덧붙여 말한다면, 사람들은 자유라는 말을 착각하면서 서로를 기만하는 경우도 너무 많습니다. 그리고 자유가 가장 숭고한 감정에 속하는 것처럼, 이에 상응하는 기만도 가장 숭고한 감정에 속할 것입니다.

학술원에 보고할 때, 빨간페터는 출구와 자유는 다른 것이라고 말한다. 출구는 배 안의 상자에서 벗어나기 위해 필요한 것, 즉 생존을 위한 것이다. 반면 자유는 사방으로 통하는 위대한 감정이며, 원숭이 시절에 알았던 감정이라고 말한다. 누구로부터도 속박당하지 않았고 누구를 흉내 내지도 않았던, 자기 본연의 모습일 때 누릴 수 있었던 감정이라는 것이다.

하지만 이제 빨간페터는 자유로웠던 아프리카 황금해변에서의 삶으로는 돌아갈 수 없게 되었다. 생존을 위한 출구는 찾았으나, 자유는 영원히 잃어버리게 된 셈이다. 그렇게 빨간페터는 인간을 배웠고, 인간과 가장 가까운 원숭이가 되었다. 심지어 인간의 말도 할 수 있게 되었다. 그렇다면 빨간페터는 인간인가, 원숭이인가?

2. 빨간페터의 정체성

빨간페터는 인간을 관찰하며 그들을 따라 한다. 인간은 빨간페터를 둘러싸 구경하면서 인간의 행동을 따라 하는 원숭이를 신기하게 쳐다본다. 이때 빨간페터는 배우이고 인간은 관객이다.

인간들은 원숭이 앞에서 술을 마시는 행위를 보여주고, 파이프 담배를 피우는 모습을 보여준다. 원숭이가 따라 할 수 있게 천천히 시범을 보인다. 이때 빨간페터는 술병을 잡고, 코르크 마개를 따고, 술병을 들이 입에 넣고 넘기는 모습을 하나하나 관찰한다. 여기서는 인간이 배우이고 빨간페터가 관객이 된다.

빨간페터의 겉모습은 분명 원숭이다. 그러나 악수도 하고, 술도 마시고, 파이프 담배도 피운다. 버라이어티쇼 무대에서 공연도 하고, 새로운 것을 배울 수도 있다. 그래서 유럽인의 평균 교양 수준에 도달했으며, 출구와 자유의 차이점도 생각할 수 있게 되었다. 심지어 인간의 말도 배워 인간과 의사소통이 가능한 원숭이가 되었다.

그렇다면 빨간페터를 인간이라고 할 수 있을까? 당연히 아니다. 인간은 빨간페터를 흥미로운 볼거리나 연구 대상으로 생각할 뿐이다. 빨간페터가 아무리 인간과 가까워진다 하더라도 인간에게는 그저 길들여진 야생 원숭이로밖에 보이지 않기 때문이다. 인간들은 빨간페터를 인간 사회에 편입시킬 생각이 전혀 없다. 그래서 결국 빨간페터는 원숭이도 인간도 아닌 존재가 된다.

빨간페터는 버라이어티쇼에서 인간의 흉내를 내며 최고의 인기를 누린다. 그리고 사회적으로도 인정받는 교양인의 삶을 누린다.

저의 발전과 지금까지의 목표를 대강 돌아보면, 저는 불평하지도 않지만 그렇다고 만족하지도 않습니다. 양손을 바지 주머니에 넣고 포도주 병을 올려놓은 채 저는 흔들의자에 누워 창밖을 내다봅니다. 방문객이 찾아오면, 저는 당연히 그래야 하듯이 정중하게 손님을 맞이합니다. 저의 공연 매니저는 현관 대기실에 앉아 있다가, 제가 초인종을 누르면 제게 달려와서 제가 하는 말을 듣습니다. 저녁에는 거의 공연이 있는데, 저는 더 올라갈 수 없을 만큼의 성공을 거두고 있습니다. 제가 밤늦게 파티나 학회, 흥겨운 모임을 즐기다가 집에 돌아오면, 반쯤 길들여진 암컷 침팬지가 저를 기다리고 있습니다. 그리고 저는 원숭이 식으로 암컷 침팬지 곁에서 편안함을 얻습니다. 그러나 저는 낮에는 그녀를 보고 싶지 않습니다. 왜냐하면 그녀의 시선에는 어쩔 줄 몰라 하는 길들여진 동물의 착란 증세가 같은 것이 있기 때문입니다. 그 시선은 저만 알아차릴 수 있으며, 저는 그것을 견딜 수 없습니다.

그러나 밤이 되면 원숭이의 습성이 되살아나는가 하면, 암컷 침팬지의 불안한 시선에 불편함을 느낀다. 인간 세계에 동화되지 못하는 존재에 대한 불편함, 조련된 동물의 불안한 눈빛. 그것은 암컷 침팬지의 눈빛이기도 하지만, 빨간페터 본인의 눈빛이기도 하기 때문이다.

그렇다면 빨간페터는 다시 아프리카 황금해변으로 돌아가서 자유로운 원숭이가 될 수 있을까?

제가 제 자신에게 부과한 반드시 지켜야 할 조건은 바로 모든 고집을 포기하라는 것이었습니다. 자유로운 원숭이인 저는 이러한 멍에와도 같은 억압에 스스로를 굴복시켰습니다. 그러면서 지난 과거의 일들은 저에게서 점점 사라져 갔습니다. 만약 처음에 사람들이 제가 다시 원숭이로 돌아가는 것을 원했더라면, 저는 하늘과 땅 사이의 문을 통해 과거의 저로 되돌아갈 수 있었을지도 모릅니다. 그러나 그 문은 제가 앞으로 나아가며 발전할수록 더욱 낮아지고 좁아졌습니다. 저는 인간 세계에서 점점 편안함을 느끼면서도 더욱 포위되었다는 느낌을 받았습니다. 저의 과거로부터 저를 향해 불어오던 폭풍우는 잠잠해졌습니다. 오늘날 그것은 저의 발뒤꿈치를 서늘하게 해주는 한 점 바람에 불과할 뿐입니다. 그리고 예전에 내가 통과했고, 지금은 한 점 바람이 불어오는, 저 멀리 있는 그 구멍은 이미 너무나 작아져 버렸습니다. 그래서 만약 다시 그 구멍으로 돌아갈 힘과 의지가 있다 하더라도, 그곳을 통과하려면 제 몸의 털가죽이 벗겨지는 고통을 감수해야 할지도 모릅니다.

인간을 모방하면서 빨간페터는 고집을 단념하기로 한다. 자유를 얻으려면 망망대해에 빠져 죽을 수밖에 없었으므로, 살기 위해 인간을 흉내 낸다는 탈출구를 찾을 수밖에 없었다. 인간을 흉내 내며 점점 자기 본연의 모습에서 멀어질수록, 인간 세계에 길들여져 편안함을 느낄수록, 다시 돌아갈 길은 좁아지고 낮아졌다. 이제 빨간페터는 아프리카 황금해변으로 돌아갈 수도 없을 뿐 아니라, 돌아간다 하더라도 그곳에서조차 이방인으로 살아가야 할지도 모른다.

카프카는 이 작품을 통해 이곳에서도 저곳에서도 자신의 정체성을 지키며 살아갈 수 없는 불완전한 존재의 모습을 보여주려고 했던 것은 아닐까? 프라하에서도, 유대인 사회에서도, 베를린에서도 뿌리내리기 어려웠고, 보험회사 직원으로서, 작가로서, 가족의 장남으로서 어디에도 온전히 마음 두지 못했던 카프카 자신이 그러했듯이.

3. 모노드라마 형식의 소설

이 소설의 등장인물은 오직 빨간페터뿐이다. 빨간페터의 목소리로만 사건이 서술된다. '한 사람의 배우가 모든 배역을 혼자 맡아 하는 연극'을 모노드라마 혹은 독백극이라고 하는데, 이 소설은 그러한 형식을 갖추고 있다.

실제 이 소설은 〈빨간 피터의 고백〉이라는 제목으로 연극 무대에 올려졌다. 모노드라마 〈빨간 피터의 고백〉은 1977년부터 1985년까지 500회 이상 공연되었다고 한다. 우리나라에서는 추송웅 배우가 원숭이 분장을 하고 빨간페터 역을 맡았으며, 관객은 학술원의 회원들 역할을 했다.

〈빨간 피터의 고백〉을 각색하고 주연을 맡은 추송웅은 빨간페터가 불안한 현대인을 상징한다고 보았다. 빨간페터는 출구를 찾아 인간 세계에 길들여지는 것을 선택했으나, 그로 인해 더 불안한 삶을 살게 된다. 현대인 또한 빨간페터와 크게 다르지 않다. 현대사회가 만들어놓은 문명과 문화와 관습 등에 따르는 삶을 살아가지만, 빨간페터만큼이나 불안한 삶의 연속이기 때문이다.

> 아무튼 전체적으로 보자면 저는 제가 이루려던 목표를 달성했다고 할 수 있습니다. 그것이 노력할 만한 가치가 없었다고 말하지 마십시오. 그리고 저는 인간의 그 어떤 판단도 원치 않으며, 다만 저의 지식을 널리 알리고자 할 따름입니다. 존경하는 학술원 회원 여러분에게도 저는 다만 보고를 드릴 뿐입니다.

빨간페터는 인간에게 길들여지면서 자기가 원하던 목표를 달성했다며 이를 위안 삼는다. 그리고 인간의 판단은 필요 없다고 잘라 말한다. 여기서 한 가지 의문이 생긴다. 빨간페터는 정말 학술원에 보고하고 있는 것일까? 혹시 아무도 없는 방에서 혼자 자신의 삶을 돌아보며 독백처럼 지난날을 회상하고 있는 것은 아닐까?

단식 예술가

Ein Hungerkünstler, 1924

〈단식 예술가〉는 카프카가 1922년 봄에 완성하여 그해 독일의 문학 잡지인 〈노이에 룬트샤우〉 10월 호에 실렸던 소설이다. 그는 이 작품에 특히 애착을 가지고 있어서 〈최초의 고뇌〉, 〈어느 작은 여인〉, 〈여가수 요제피네 또는 쥐의 족속〉과 함께 《단식 예술가》라는 단편 작품집을 발간하기 위해 죽기 직전까지 원고를 교정했다고 한다.

이 소설은 당시 실제로 있었던 '단식 예술가'라는 직업에 착안하여 집필한 작품이다. 주인공인 단식 예술가는 이름이 없다. 그는 지난 몇십 년간 독자적으로 대형 공연을 개최할 만큼 큰 인기를 누렸다. 사람들은 그의 단식 날짜가 늘어갈수록 더욱 환호했다. 예전에는 공연 매니저가 있어서 관중들의 흥미를 고려하여 최장 단식 기간(40일)을 정하기도 했고, 세 명씩 짝을 지어 단식 예술가가 몰래 음식을 먹지 않도록 밤낮으로 감시하기도 했다. 그러나 시간이 지나고 점차 흥미가 떨어지면서 단식 예술가를 찾는 관중들이 거의 사라지게 되었다.

단식 예술가는 자신이 더 이상 관중들의 사랑을 받지 못한다는 것을 깨달았다. 사람들은 다른 구경거리를 찾아갔고, 단식 공연에 대한 혐오감도 점차 생겨나기 시작했기 때문이다. 그는 어쩔 수 없이 서커스단에 들어가 마구간 근처 우리 안에서 홀로 단식을 하는 신세가 되었다. 그러나 사람들은 그에게 눈길을 주지 않았고, 매일 새롭게 단식 일수를 기록하던 숫자판도 그대로였다.

어느 날, 한 감독관이 비어 있는 우리를 발견하고는 유용하게 쓰일 수 있는 공간을 왜 방치하고 있는지 이유를 물었다. 그제야 사람들은 잊었던 단식 예술가를 떠올렸고, 짚 속에 파묻힌 그를 발견해 낸다. 단식 예술가는 자신을 용서해 달라고, 그리고 자신을 보고 경탄해 주길 바랐다는 마지막 말을 남기고 죽는다. 그가 있던 우리에는 어린 표범 한 마리가 들어와 살게 되고, 관중들은 표범을 보기 위해 다시 그곳으로 모여든다.

1. 단식 광대거나 단식 예술가이거나

이 소설의 주인공이며 작품의 제목이기도 한 '단식 예술가'는 '단식 광대', '굶는 광대' 등으로도 다양하게 번역되었다. 사전에 따르면 광대란 "가면극, 인형극, 줄타기, 땅재주, 판소리 따위를 하던 직업적 예능인을 통틀어 이르던 말."이고, 예술가는 "예술 작품을 창작하거나 표현하는 것을 직업으로 하는 사람."을 이른다. 그리고 단식은 "일정 기간 의식적으로 음식을 먹지 아니함."이라는 뜻을 가지고 있다. 그렇다면 단식은 예능 혹은 예술이 될 수 있는 행위일까? 그는 단식 광대일까, 단식 예술가일까?

이에 대해 전통 공연 예술의 기예를 갖춘 예능인의 의미가 담긴 '단식 광대'로 번역해야 한다는 의견과 그의 행위가 예술가의 그것과 크게 다르지 않다는 점에서 '단식 예술가'로 번역해야 한다는 의견이 존재한다. 다만 여기서는 관중에게 버림받고 쇠퇴하는 과정에서 결국 그가 표범으로 대체되는 상황을 부각할 수 있도록 '단식 예술가'로 해석했다.

지금은 상상이 잘 되지 않지만, 단식 예술가는 존재했다. 실제로 19세기 말에서 20세기 초의 유럽에서는 단식을 보여주는 행위 예술이 성행했다. 헨리 테너, 지오반니 수찌 등의 단식 예술가는 40일이 넘는 단식으로 큰돈을 벌게 되었다고 한다. 이들은 버라이어티 극장이나 호텔 등에서 공연했다.

이 소설의 주인공은 이름도 없이 그저 '단식 예술가'로만 나온다. 이는 단식 예술가의 정체성이 단식을 할 때만 존재한다는 점을 강조하기 위함이기도 하고, 개인이 아닌 '단식 예술가'라는 직업군 자체에 초점을 맞췄기 때문이기도 하다. 카프카는 주인공 단식 예술가를 통해 무엇을 전달하려고 했을까?

2. 단식, 의식적으로 음식을 먹지 않는 일

인간이 살기 위해 꼭 필요한 세 가지 요소를 의식주(衣食住)라고 한다. 즉, 그중 하나인 음식 섭취를 하지 않는다는 것은 인간답게 살 수 없다는 말이기도 하다. 그런데도 단식 예술가는 단식을 한다.

사람은 으레 자신의 능력을 인정받고 싶어 하며, 많은 경우 자신만이 가진 그 능력을 살려 직업으로 삼는다. 작가는 글을 잘 써야, 화가는 그림을 잘 그려야, 작곡가는 곡을 잘 만들어야 대우받는다. 단식 예술가는 단식을 잘할 수 있었다. 단식을 하면 사람들의 관심을 받을 수 있었고, 큰 인기를 누릴 수 있었으며, 40일간의 단식을 끝내면 마치 순교자처럼 관중의 열광적인 환호를 받을 수 있었다. 능력과 대중의 필요가 합쳐지니 '단식 예술가'라는 직업이 직업으로서 인정을 받을 수 있게 된 것이다.

그러나 단식 예술가가 단식을 하는 이유는 그것 말고도 더 있다. 그는 단식을 왜 40일간만 지속해야 하느냐고 묻는다.

> 왜 40일이 지난 바로 지금, 단식을 그만두어야 하는가? 그는 아직도 더 오랫동안, 한없이 오랫동안 버틸 수 있을 것 같았다. 그런데 왜 하필이면 지금, 아직 맛보지 못한 단식의 절정을 눈앞에 두고 있는 지금 그만두어야 하는가? 사람들은 왜 그에게서 단식을 계속할 수 있는 영광, 아마도 이미 그러한 단식 예술가일지도 모르지만 모든 시대를 통

틀어 가장 위대한 단식 예술가가 될 수 있는 영광, 자기 자신을 뛰어 넘어 믿을 수 없을 정도의 경지에 마침내 이를 수 있는 영광을 빼앗으려고 한단 말인가? 그는 아직 자신의 단식 능력에 그 어떤 한계도 전혀 느끼지 못했다. 그런데 왜, 대중들은 그에게 경탄을 금치 못하면서도, 그의 단식에 대해 그렇게 참을성이 없는 것일까? 그가 계속 단식을 하겠다는데, 왜 대중은 단식을 지속하게 두지 않고 이를 참지 못하겠다는 것인가?

단식 예술가는 단식이라는 분야에서 최고가 되고자 한다. 자신의 단식 능력에 어떠한 한계도 느끼지 못했으므로, 40일 이상의 단식도 충분하다고 생각한다. 모든 시대를 통틀어 가장 위대한 단식 예술가가 되고 싶어 한다. 그러나 공연 매니저와 관중들은 그것을 원치 않는다. 공연 매니저에게는 관중들의 흥미가 떨어지지 않을 정도의 적당한 기간만이 필요했고, 관중들은 지루하지 않게 재미를 느낄 만큼의 기간만이 필요했다. 그 이상의 단식 능력은 보고 싶지도, 알고 싶지도 않았을 것이다.

3. 단식이라는 예술 행위

몇십 년 전까지만 해도 단식 예술가는 최고의 인기를 누렸다. 대형 공연을 독자적으로 개최할 수 있었고, 도시 전체가 단식 예술가에게 주목했으며, 단식하는 날이 늘어갈수록 관심도 높아져 창살 우리 앞에 죽치고 앉은 예약 신청자도 있었다. 밤에는 횃불을 켜서 관람할 수 있게 했고, 특히 어린아이들에게는 최고의 오락거리였다. 어린아이들은 신기함과 두려움의 눈으로 단식 예술가를 구경했으며, 창백한 단식 예술가의 팔을 만져보기도 했다. 단식 예술가가 음식을 먹는지 감시하는 감독관도 있었다.

공연 매니저는 단식의 최장 기간을 40일•로 정해 놓았는데, 이는 나름의 이유가 있었다.

> 그동안의 경험으로 비추어 볼 때, 대략 40일이라는 기간은 활발한 선전 활동을 통해 그 도시의 관심을 더욱더 고조시키기에 가장 적당한 기간이었다. 그러나 그 기간을 넘어서면 관중은 견디기 힘들어했고, 관심도 현저하게 떨어지는 것을 확인할 수 있었다.

주최자의 입장에서는 단식 공연으로 돈을 벌 수 있는 가장 적당한 기간이면서, 관중들의 관심도 최고로 높을 때가 약 40일이었다. 그 기간이 지나면 관중들은 지루해했고, 더 이상 단식에 호응하지 않았다. 서로의 요구가 맞물리는 기간인 것이다.

• 예수가 광야에서 40일간 단식을 한 것과 연결 지어 해석하기도 한다.

그래서 단식을 한 지 40일째가 되면 성대한 의식이 거행된다. 먼저 의사가 단식 예술가를 검진하고, 이상이 없다는 결과가 확성기로 울려 퍼진다. 그다음 추첨을 통해 선택받은 두 여인이 거동이 힘든 단식 예술가를 부축한다. 이리저리 힘없이 흔들리는 두 팔다리를 붙들고 관중 앞에 서면 그들은 열광한다. 마치 신에게 목숨을 바치는 순교자와 같다. 거의 실신 상태의 단식 예술가의 입에 음식을 조금 흘려 주면서 단식 예술가가 공연 매니저에게 속삭였다는 말을 마지막으로 관중에게 전하고, 공연은 끝이 난다. 그리고 세상의 존경을 받으면서 살아간다.

그러나 단식 예술가는 두 가지 불만이 있다. 하나는 40일이라는 기간이다. 충분히 더 할 수 있는데, 외부에서 자신의 예술 행위를 방해하고 있다. 그에게 단식은 사람들의 관심을 받을 수 있는 수단이기도 하지만, 모든 시대를 통틀어 가장 위대한 단식 예술가가 되기 위한 도전이기도 하다. 그는 단식을 하면서 아직 어떠한 한계도 느끼지 못했기에, 충분히 가능성이 있는 일이다. 오히려 단식이 끝나면, 떠올리는 것만으로도 구역질이 나는 음식이 있는 곳으로 가야만 한다는 사실이 더 괴롭다.

또 하나의 불만은 이유 없이 울적한 기분이 들 때 아무도 그런 자신의 마음을 진지하게 이해해 주지 않는다는 점이다. 한번은 어떤 마음씨 착한 관중이 단식 예술가가 울적한 것은 바로 단식 때문이라고 조언하자, 그는 짐승처럼 창살을 마구 흔들면서 분노를 터뜨렸다. 단식을 해서 슬픈 것이 아니라 단식을 하지 못하게 해서 슬픈 것이었는데, 아무도 그의 진심을 몰라주었기 때문이다. 오히려 공연 매니저는 단식으로 기력이 쇠잔해진 그의 사진을 팔면서 진실을 왜곡했다. 단식 예술가는 이러한 오해로 인해 더 쇠약해졌다.

4. 단식 예술가가 단식을 계속하는 이유

관중들은 왜 단식 예술가를 보며 열광할까? 한 달이 훌쩍 넘는 기간 동안 단식을 유지하는 것은 누구나 할 수 없는 일이다. 즉, 자신이 하지 못하는 것에 대한 대리만족이다. 단식 예술가가 보여주는 예술 작품은 바로 자신의 몸 그 자체이다. 하루하루 야위며 힘이 빠져나가는, 신체적 변화가 일어나고 있는 몸을 전시하는 예술 공연이다. 아이러니하게도 최고의 단식 예술가가 되는 길은 점점 죽음에 가까워지는 길이기도 하다. 금기에 대한 욕망이 관중의 열광을 이끌어 내는 것이다.

그러나 관심은 점차 식어간다. 관중들은 더 이상 단식에 열광하지 않는다. 단식 예술가를 통해 즐거움을 찾던 관중들은 다른 구경거리를 찾아 몰려간다. 사람들이 단식 예술가에게 관심을 주지 않는 것은, 시대가 변했기 때문이다. 그 이유를 찾아내려는 사람도 없을 만큼 그저 그런 일이 일어났을 뿐이다. 열광하던 관중들은 이제 단식 공연을 혐오한다. 그래서 시대의 변화를 읽지 못한 단식 예술가는 과거의 영광에 매몰된 채 낡아간다. 그는 단식을 계속하기 위해 서커스단의 일원이 된다.

단식 예술가는 왜 단식을 계속하는 것일까? 물론 수많은 관중의 환호가 그리워서이기도 하고, 다른 직업을 찾기에는 너무 늙어버린 것도 이유가 될 것이다. 그러나 무엇보다 그는 단식에 온 인생을 다 바칠 만큼 몰두해 있었다. 그는 자신이 충분히 다시 관중을 불러모을 수 있을 만큼, 세상이 놀랄 만큼 단식을 할 수 있을 거라고 믿었다. 그러나 현실은 동물 옆 우리 안에 갇힌 또 다른 동물이 되어버리고 만다. 마구간으로 가는 구경꾼들이 스쳐 지나가는 길가의 우리 안에서, 아무도 신경 쓰지 않는 단식을 이어간다.

대형 서커스단에는 수많은 사람들, 동물들, 기구들이 있고 늘 서로 보완하고 보충해 주기 때문에 어떤 사람이라도 필요한 법이다. 단식 예술가도 지나친 보수를 요구하지만 않는다면, 입단이 가능하다. 게다가 단식 예술가의 경우에는 자기 자신뿐만 아니라 그의 옛 명성까지 함께 고용된 것이다. 사실 단식이라는 기술은 나이가 든다고 기량이 줄어드는 것이 아닌 특별한 것이어서, 이제 자기 능력의 절정에 있지 않은 한물간 단식 예술가가 서커스의 한 자리로 도망치려 한다고는 감히 아무도 말할 수 없었다. 반면 단식 예술가는 자신이 예전과 다름없이 단식할 수 있다고 확신했는데, 그것은 믿을 만한 말이었다. 더구나 그는 자신의 뜻대로 단식을 하게 내버려 둔다면, 다시 세상을 깜짝 놀라게 해줄 것이라고 주장했다.

그는 나이를 먹어 다른 직업을 찾기는 어렵지만, 단식은 계속할 수 있다. 단식이라는 예술 혹은 기술은 나이가 들어도 특별히 기량이 떨어지지 않는다. 그에게 단식이란 아직 한계에 도달하지 않은 무궁무진한 세계이며, 그는 자신이 그 한계까지 갈 수 있다고 믿는다. 다만 세상이 더 이상 자신을 받아들이지 못할 뿐. 그래서 그는 그저 단식을 계속할 수만 있다면 그곳이 어디든 전혀 중요하지 않았던 것이다.

5. 예술가의 숙명

단식 예술가는 서커스 원형 공연장 한가운데에 들어가지 못하고 마구간 근처 우리 안에 머물게 된다. 마구간으로 가는 구경꾼들은 그를 보러 온 관중이 아니어서 대부분 그를 지나쳐 갔다. 가끔 아이들을 데려온 아버지가 단식 예술가가 무엇을 하고 있는지 설명해 주면서 과거에는 이 공연이 어마어마하게 인기가 있었다고 이야기했으나, 아이들은 이해하지 못했다. 게다가 마구간의 지독한 냄새와 한밤중에 들려오는 동물들의 울음소리는 그가 단식을 지속하는 데 심한 방해가 되었다. 그러나 그는 항의하지 않았다. 그나마 관객이 있는 것은 동물들 덕이기 때문이다.

단식 예술가는 자신이 할 수 있는 한계까지 단식을 하고 싶었다. 그리고 아무도 신경 쓰지 않았으므로 그렇게 할 수도 있었다. 그의 앞을 지나가는 사람들은 모두 동물들이 있는 곳으로 향했다.

> 단식 예술가는 할 수 있는 데까지 단식을 하고 싶어 했고 또 그렇게 했지만, 아무것도 그를 구제할 수 있는 방법이 없었다. 사람들은 그냥 그의 곁을 지나쳐 갔다. 누군가에게 단식법에 대해 설명해 보라! 그것에 대해 느끼지 못하는 사람에게는 그것을 설명할 수도 없다. 아름다웠던 광고 문구들은 더러워지고 더 이상 읽을 수도 없게 되었다.

그가 왜 단식을 하는지, 단식은 어떻게 하는 것인지를 설명하는 것은 의미가 없다. 왜냐하면 이미 관객들은 단식에 대해 무관심해졌고 단식의 필요성도 느끼지 못하므로, 그들에게는 설명할 수가 없기 때문이다. 단식 예술가에게도 역시 마찬가지이다. 단식은 단식 예술가의 전부이기 때문에, 다른 말이 필요하지 않다. 이미 단식 예술가는 단식 그 자체가 되어버린 것일지도 모른다.

카프카는 지속할수록 점점 죽음에 가까워지는 단식을 통해 예술가의 숙명과 명예에 대해 말하고 싶었던 듯하다. 단식 예술가가 예술가로서 자신에게 주어진 운명에 따라 끝까지 단식을 한 것처럼, 카프카도 어떤 상황에서도 끝까지 글을 쓰겠다고 마음먹었을 것이다. 단식은 지속할수록 죽음에 가까워지고, 폐결핵에 걸린 자신의 몸은 글을 쓸수록 무너져 갈 것이다. 그러나 단식 예술가가 자신에게 단식이 거스를 수 없는 운명이라는 것을 깨달으며 죽음을 맞는 것처럼, 카프카 또한 자신이 죽는 순간까지 펜을 쥐고 있을 운명이라는 것을 받아들였을 것이다. 그는 이러한 자신의 마음을 독자들에게 전달하고 싶었는지도 모르겠다.

과거에도 그랬고 현재도 마찬가지지만, 예술가들은 인간에 대한 진리도 찾고 싶어 하며 동시에 명예도 원한다. 그러나 시대와 관객을 이해시키지 못하고 자신만의 관점에 빠진 예술가들, 시청률이나 조회 수에 매몰되어 점점 자극적으로 만들어지는 콘텐츠들, 오로지 흥미 위주로 예술을 소비하는 관객들. 이러한 현실에서 자유로울 수 있는 예술가는 없기에, 예술가는 좌절한다.

6. 예술가가 동물이 되어가는 과정

사람들의 무관심 속에 단식 예술가의 단식은 잊혀간다. 매일매일 단식 일수를 기록하던 숫자판도 어느 순간 그대로 붙어 있게 되고, 단식 예술가를 소개하던 안내판은 관객들에 의해 찢겨나갔다. 숫자판의 낡은 숫자들을 보며 조롱하는 사람도 있었으나, 그것은 단식 예술가의 잘못이 아니다. 그는 진실하게 단식을 했으나 세상이 그를 알아주지 않은 것이다.

여러 날이 지나고, 한 감독관이 비어 있는 우리를 방치한 것에 대해 지적한다. 그제야 사람들은 비어 있는 우리의 단식 예술가를 기억해 냈다. 그리고 우리에 깔린 짚을 헤쳐 단식 예술가를 발견했다. 그는 모두에게 용서를 구하고, 자신의 단식에 대해 경탄하기를 바랐다고 속삭인다. 그리고는 다시 자신을 경탄하지 말라고 말하면서 그 이유를 덧붙인다.

> "저는 단식을 할 수밖에 없었습니다. 저로서는 달리 어쩔 도리가 없었기 때문입니다." (중략)
> "왜냐하면, 저는 제 입에 맞는 맛있는 음식을 발견하지 못했기 때문입니다. 만약 제가 그것을 찾아냈다면 결코 이런 이목을 끄는 짓은 하지 않았을 것이고, 당신이나 다른 모든 사람처럼 배가 부르게 먹었을 것입니다."
> 그것이 그의 마지막 말이었다. 그러나 여전히 그의 지친 눈에서는 더 이상 자부심이 넘치는 확신이라고 부를 수는 없지만, 계속 단식을 하겠다는 확고한 확신이 담겨 있었다.

단식 예술가가 죽는 순간까지 단식을 하면서 얻은 깨달음은 그저 단식을 할 수밖에 없었기 때문에, 어쩔 도리가 없었기 때문에

했다는 것이다. 그는 만약 다른 선택이 가능했다면 단식 예술가의 삶이 아닌 평범한 시민으로서의 삶을 살았을 것이라고 말한다. 그러나 단식은 그에게 주어진 운명이었고, 그에게는 별다른 선택의 여지가 없었다.

단식 예술가가 죽고, 그가 있던 우리에는 어린 표범 한 마리가 살게 된다. 단식 예술가 대신 생명력으로 가득한 표범의 움직임은 관중들을 열광하게 했다. 표범이 음식을 뜯어 먹는 모습에 관객들은 그곳에 몰려들어 떠나려 하지 않았다. 늙은 단식 예술가는 어린 표범으로 대체되었고, 아무도 그를 기억하지 못한 채 사람들은 표범의 움직임에 환호했다. 심지어 표범 스스로도 아무런 부족함을 느끼지 못하며, 자유조차도 그립지 않다고 생각한다. 표범은 우리 안에서 필요한 모든 것을 갖추었다고 믿고, 관중들은 그런 표범을 구경하기 위해 우리 앞에 모여든다.

7. 카프카와 단식 예술가

어린 카프카에게 식사 시간은 두렵고 곤혹스러운 순간이었다. 가족들은 주로 식사 시간에만 한자리에 모였기 때문에, 카프카는 음식을 먹는 내내 끊임없이 이어지는 아버지의 훈육과 꾸지람을 그대로 들을 수밖에 없었다.

차려 놓은 음식을 모두 먹지 않으면 안 된다, 음식이 맛있니 맛없니 해서는 안 된다 하는 것들이었습니다. 그러나 저희한테는 그렇게 말씀하시고서는 아버지는 가끔 이런 음식을 어떻게 먹을 수 있겠느냐고 소리치곤 하셨습니다. 그때 아버지는 "이런 음식은 돼지나 먹을 것이다."라고 말씀하시기도 하고, "저 '개새끼(가정부)'가 이런 것을 만들었다."라고 말씀하시기도 했습니다. 아버지는 본인의 왕성한 식욕과 특별한 미각에 따라서 무엇이든지 빠르고 맹렬하게, 한입에 먹어 치웠기 때문에 어린아이는 급하게 서둘러 먹지 않으면 안 되었습니다.

– 프란츠 카프카, 〈아버지에게 드리는 편지〉 중에서

음식을 먹을 때는 말하지 마라, 빨리 먹어라, 뼈는 씹지 마라, 잔을 입으로 빨지 마라, 음식 부스러기가 바닥에 떨어지지 않도록 조심해라 등 식사 시간마다 이어지는 잔소리와 꾸지람은 어린 카프카에게 공포로 다가왔을 것이다. 게다가 정작 아버지 본인은 잔을 입으로 빨고, 빵 부스러기는 제일 많이 흘리는 것을 보며 억울하고 괴로운 마음도 들었을 것이다.

카프카는 〈단식 예술가〉뿐만 아니라 《변신》에서도 음식에 대한 거부를 표현했다. 벌레가 된 그레고르는 신선한 음식 냄새가 역겨워 제대로 먹지 못한다.

카프카는 채식을 했다. 그는 아버지가 무엇이든지 빠르고 맹렬하게 한입에 먹어 치우는 모습이 마치 한 마리의 맹수처럼 느껴졌다고 했는데, 이에 대한 반감도 그가 채식을 하게 된 이유 중 하나로 보인다.

나는 일반 식당에 별도로 마련된 작은 식탁에서 먹으려고 했다네. 다른 사람들도 거기에서 먹는 것을 보았기 때문이었지. 그래야 내 채식이 주목을 덜 받을 것이고, 무엇보다 더 잘 씹어 먹을 수가 있으며, 그리고 대체로 그것이 더 안전하기 때문이지. 그러나 그건 오히려 웃기는 일이 되기도 했는데, 특히 내가 식사를 혼자 하는 유일한 사람이라는 게 밝혀졌을 때 말일세. 그 후에 그 일을 안주인에게 말했더니, 그녀가 나를 안심시키면서, 자신도 그 '꼭꼭 씹기'를 알고 있다고 하더군. 나는 체중이 늘기를 바랐네.

1920년 4월 10일에 막스 브로트에게 보낸 편지의 일부이다. 그는 음식을 천천히 꼭꼭 씹으며 인간답게 먹으려 했다. 또한 폐결핵을 앓고 있던 그는 체중에 민감해, 일기나 편지에 자신의 체중 변화를 자주 언급했다. 그만큼 카프카는 먹는 것에 예민했고, 중요하게 여겼다. 그러나 안타깝게도 이 작품을 쓴 1922년의 카프카는 신경쇠약으로 인해 몸이 허약해진 상태였다.

친애하는 로베르트, 나는 M. 하예크 교수의 대학 병원으로 옮기네. 빈 IX 라자렛가쎄 14번지네. 후두가 너무 부어서 음식을 삼킬 수가 없다네. 신경에다 알코올 주사를 해야 한다고 하네. 또 절제 방식이겠지. 그러니 아마 나는 몇 주간은 빈에 있게 될 거야.

1924년에 로베르트 클롭슈톡에게 보낸 편지이다. 로베르트 클롭슈톡은 요양원에서 만난 동료 환자인데, 죽을 때까지 편지를 주고받으며 우정을 나누었다. 이 편지에 따르면, 1924년의 카프카는 후두암으로 인해 음식을 거의 먹을 수 없는 상태였다. 심지어 말도 잘 하지 못해 메모로 의사소통을 했다고 한다.

연구자들은 당시 카프카의 상태로 미루어, 단식 예술가를 그의 분신이라 보기도 한다. 단식 예술가가 단식을 하는 행위를 작가가 글을 쓰는 행위에 빗대 표현한 것이라는 의견이다. 즉, 단식 예술가가 자신의 운명에 따라 목숨을 걸고 끝까지 단식을 하는 것은 곧 작가가 예술적 성취와 진실을 찾기 위해 끝까지 글을 쓰고자 하는 것과 같다고 볼 수 있다.

세계문학을 읽다 8

프란츠 카프카를 읽다

1판 1쇄 발행일 2023년 6월 30일

지은이 권진희

발행인 김학원

발행처 (주)휴머니스트출판그룹

출판등록 제313-2007-000007호(2007년 1월 5일)

주소 (03991) 서울시 마포구 동교로23길 76(연남동)

전화 02-335-4422 **팩스** 02-334-3427

저자·독자 서비스 humanist@humanistbooks.com

홈페이지 www.humanistbooks.com

유튜브 youtube.com/user/humanistma **포스트** post.naver.com/hmcv

페이스북 facebook.com/hmcv2001 **인스타그램** @humanist_insta

편집책임 문성환 **편집** 윤무재 **디자인** 이수빈

용지 화인페이퍼 **인쇄** 청아디앤피 **제본** 민성사

ISBN 979-11-7087-012-8 44800
979-11-6080-836-0 (세트)